KB218780

시가 되는 순간들

시가 되는 순간들

이제아 산문집

우리는 설명할 수 없는 것들과 이해할 수 없는 것들 사이를 오고 갑니다.

서로를 완벽히 안아줄 수 없는 이유가 되겠지요.

아마 우리는 적당한 거리에서 서로를 오래 짐작만 할 겁니다.

시를 쓰는 일은 누군가를 오래 짐작하는 힘을 얻는 일 같습니다.

내가 섣불리 누구의 아픔도 위로하지 않기를, 함부로 누구의 상처도 어루만지지 말기를 바라면서요. 그리하여 시를 쓰면서 이 모든 것을 그저 짐작하기를 바라면서요.

어떤 날에 내가 조심스럽게 짐작한 이야기가 누군가의 먼 훗날에 위로가 된다면….

그럼, 시를 쓴다고 말할 수 있을 것 같습니다.

등단한 지도 햇수로 십사 년이 넘었습니다.

이 힘든 일을 왜 하나 싶어 수많은 밤을 지새우며 울기도 하고 넘어지기도 했고요. 그럼에도 시를 쓰는 밤은 언제나 저를 먼 우주로부터 끌어 당겨주었습니다. 부족하지만 나누고 싶은 이야기들이 생겼고, 쓰다 보니 확신하게 되었지요.

이 확신을 내밀어봅니다. 우리 모두는 시가 되는 순간들 속에서 살고 있다고.

2025년 초여름,
이제야

○ 목차 ○

두 개의 구름이 온 하늘을 뒤덮을 때가 있지
서로를 붙잡는 속사정의 탄생들처럼

처음처럼 둘만 남는다는 백지의 논리가 있지
굳은 마음들이 다시 처음의 자리로 가듯이

1

사랑을 알아버리기 전에 사랑을 외우기도 한다. 마치 다시 돌아갈

수 없는 사랑의 시절을 기억하라는 듯이. 시를 쓰는 일은 우리가

알고 있던 단어를 지워가며 단어의 애초를 아끼는 것. 어쩌면 영영

모를 수 있었던 단어들을.

언어가 되기 전의 사랑

사랑을 몰랐던 때를 생각해봅니다. 우리는 사랑을 받는 것과 주는 것 중에서 무엇부터 시작했을까요. 사랑이 무엇인지 처음 느꼈을 때가 분명히 있었을 텐데 또렷하게 생각나지 않는 걸 보니 아마 기억이란 걸 하기 전이 아니었을까 생각합니다. 이 어렵고 복잡하면서도 아름다운 사랑이란 것을 기억하지 못하는 때.

브런치 집에서 본 광경입니다. 나이 차이가 꽤 나는 자매로 보이는 두 아이와 엄마가 빵을 먹고 있었지요. 큰 견과류가 가득한 빵을 한입 가득 베어 무는 언니를 보며 엄마는 예쁘게 먹는다며 머리를 쓰다듬었습니다. 옆에 앉아 있던 네다섯 살 되어 보이는 동생은 그 모습을 빤히 보다가 다시 본인의 접시를 내려다보았죠. 아직 어린 동생의 접시에는 베어 물기 쉬운 부드러운 식빵이 있었습니다. 엄마의 모습을 한참 보던 동생은 언니 그릇에 있던 견과류 가득한 빵을 집어 와 입안 가득 베어 물고는 꾸역꾸역 씹으며 엄마를 쳐다봤습니다. 큰 견과류가 아이의 목에 부드럽게 넘어갈 리가 없으니 아이는 캑캑대며 재빨리 물을 마셨지요. 그 모습에 놀란 엄마는 아이 등을 계속 두드렸고 아이는 그런 엄마를 보며 배시시 웃었습니다. 사랑을 얻어낸 이의 미소로. 엄마의 관심을 얻어내기 위해 아이는 사랑이라고 믿는 행동을 한 걸까요. 사랑을 알기도 전에 어떤 몸짓이 사랑이라고 믿으면서.

아이라는 존재는 사랑의 행위들을 반복하면서, 사랑인 줄 알았으나 사랑이 아니었던 행위들을 눈치껏 지우고, 사랑이 되는 행동들을 적재적소에 놓아갈 겁니다. 그렇게 사랑을 알아가며 자라겠지요. 언어로 시작되지 않은 것은 스미듯 천천히 번져나가는 법이니까요.

그 뒤 종종 거리에서나 식당에서 아이가 보이면 유심히 보는 편입니다. 아이는 애초의 사랑, 사랑을 모르는 때의 사랑을 알려주는 존재거든요. 자신의 생각과 느낌을 정확히 파악할 수 있는 아동기에 이르기 전까지 아이가 아는 사랑은 사랑이 아닐지도 모릅니다. 그러나 사랑의 의미를 정확히 알기 전까지 아이는 사랑을 얻기 위해 단순하고 지겨운 행동들을 꾸준히 해내지요. 사랑을 모두 알아버린 이들이 보기에는 무모하고 어리석을지라도 애초의 사랑은 모두에게 이렇게 단순하고 열정적이었을 겁니다. 사랑하는 것과 사랑하지 않는 것을 경계 짓는 마음이 자라나기 전까지, 어른이 되면 자라나 있을 사랑의 민낯을 알기 전까지요.

아이를 보며 생각합니다. 사랑을 몰랐던 때는 행복했을까요. 우리에게도 그것이 사랑이 아닌 줄 모르고 마냥 사랑이라고 믿었던 때가 있지요. 어쩌면 우리가 잘 안다고 생각해온 감정은 언어가 된 후의 감정일지도 모르겠습니다. 언어가 되기 전, 그러니까 완벽히 그 대상을 이해하기 전 이미지로 받아들였을 때 가장 순수하게 아낄 수 있으니까요. 이것이 사랑인지 아닌지 가늠하지 않고, 가늠하지 않음으로써 판단하지 않을 때, 우리는 최대치의 마음을 내어줄 수 있을지도 모르겠습니다. 서로를 완벽히 알아야 완전하게 사랑할 수 있다고 믿었던 때가 있었는데 나이가 들수록 그 믿음이 조금씩 흐려져갑니다. 이미 우리는 사랑의 미래까지 가늠할 수 있는 어른이 되어버렸지만요.

시는 사랑을 몰랐던 때로 돌아가 모든 사랑을 바라보는 일인지도 모르겠습니다. 시를 쓰는 순간 기존의 믿음은 완전히 깨집니다. 우리가 잊었던, 아니면 영영 모를지 모르는 것을 다시 아껴 보고 싶기 때문입니다. 그리하여 시를 쓰는 일은 우리가 알고 있던 단어를 지워가며 사랑의 애초를 소중히 하는 것. 사랑을 하며 잊어갔던, 어쩌면 영영 기억하지 못했을 단어들을 모으는 일인지도요.

2

ㅡ

시는 기억하고 싶은 것보다 기억되는 것을 쓰는 일. 기억되는 것들

은 꽤 자주 살아나서 묵은 미안함이 용서되기도, 반복되는 슬픔에

익숙해지기도 한다. 시의 쓸모를 믿기로 한다. 아름답지 않은 것이

아름다워질 때까지.

아름답지 않은 것들이 아름다워지기

저마다 누구에게도 말 못 할 아픔이 있을 겁니다. 아픔이 진행되는 시간을 들키고 싶지 않아서, 혹은 그 시간 동안 넘어지고 일어서는 것이 결국 나의 몫이기에 어떤 아픔은 최대한 꽁꽁 숨겨둡니다. 그렇지만 결국 혼자의 것이 될 수는 없더군요.

시집을 내고 담백한 서정이라는 과분한 칭찬을 많이 들었습니다. 그때마다 조금 어색하고 부끄러웠던 이유는 전혀 담백하지 않았던 시간에 쓴 시들이기 때문인데요. 이 시간들을 거슬러 올라가보니 깊고 복잡한 결들이 오랜 시간, 조금씩 응축되어 담백해졌는지도 모르겠습니다.

2022년 12월의 어느 날 새벽, 24시간 상담을 하는 곳에 전화를 걸었습니다. 나 너무 힘들어, 말하면 달려

올 친구가 몇 있었지만 말하지 못했습니다. 어떤 아픔은 혼자 한참을 견뎌야 하기도 하니까요. 혼자 견디기는 자발적인 선택이었음에도 늘 버겁습니다. 얼굴도 본 적 없는 상담원을 붙잡고 가장 서럽고 크게 울었습니다. 상담원은 무슨 일로 전화를 주었냐고 한 마디 했을 뿐인데 전화 건 사람은 대성통곡으로 시작하다니, 아무리 직업이라지만 상담원에게도 고역이었을 겁니다. 그렇지만 가끔은 들어줄 사람만 있으면 울음이 터지기도 하더군요. 상담원에게 그간의 일들을 말하며 울다가 그쳤다가 콧물 범벅이 되어 무슨 소리를 했는지도 모르겠습니다. 태어나 그렇게 서럽게, 오래, 엉엉 운 적은 처음이었죠. 어떤 개운함이 있었는지 마음이 조금 나아졌습니다. 글쎄요, 나아졌다는 말이 나았다는 말은 아니기에 지금도 간혹 혼자 서럽게 울기도 합니다.

그 후 몇 달 지나 첫 시집이 나왔지요. 참 희한하게도 가장 먼저 잊고 싶던 어느 고통의 순간이 시집의 표제작이 되었습니다. 몇 번 응축되어 얇아진 감정을 독자들은 담백하다고 읽어주었지요. 이것을 시의 역할이라고 해야 할까요. 시는 한 덩이 아픔을 접고 누르고 매만져 응축해놓은 점토 인형 같습니다.

시를 놓을 수 없는 이유입니다. 현실을 부정하며 기록한 시들이 여러분에게 아름다워 보일 수 있는 것, 내 맘에서는 아직 한 덩이인 그 아픔이 시가 되어 여러분에게 담백해질 수 있는 것, 이것을 시의 쓸모라 일컫고 싶습니다. 어떤 아픔들은 사라지지 않고 가장 깊숙한 곳에서 우리를 자주 흔듭니다. 이때 시의 쓸모가 손을 잡아준다면 아픔의 쓸모도 찾아낼 수 있을까요.

어떤 배우가 그러더군요. 작품을 택할 때 가장 유심히 보는 것이 주인공의 상처라고. 자신이 살아오며 많은 상처가 있었다고 생각하기에 드라마 주인공의 상처가 잘 보인다는 겁니다. 그래서 화려한 역할보다는 상처 있는 역할에 끌리고 자주 선택하게 된다고요.

힘든 감정을 잘 어루만지고 공감하는 사람이 글을 쓴다고 생각했던 때가 있습니다. 그것이 시인이라고 믿었던 어린 시절도 있고요. 그런데 그것은 나의 고통은 없으리라, 무탈하게 지나가리라 믿고 타인의 고통에 공감할 생각만 하던 어린 날의 생각이죠. 저는 이제 압니다. 아프지 않을 수가 없다는 것을. 앞으로도 종종 상처가 찾아올 겁니다. 그러나 이것도 압니다. 그 상처가 앞으로 시를 더 사랑하고 써야 할 이유가 된다는 것을요.

시를 쓰는 순간은 점토 인형 하나를 쥐고 우는 밤일 겁니다. 접고 누르고 매만져 아무도 모르는 슬픔 인형 하나를 만들어두는 일. 이 순간은 전혀 아름답지 않겠으나, 시는 아름답지 않은 것들이 아름다워지는 일입니다.

모래시계의 속도가 궁금했던 날에는

지나온 시간만을 생각했다

눈밭에 세워둔 꽃이 피어나면

낮잠에서 깼다

한때 모든 것이었던 가을 방학처럼

3

살아볼 수 없는 과거의 시간은 이미 시가 되어 우리에게 와 있을지

도 모른다. 영원히 살아볼 수 없는 존재의 이름은 그리움인 것처

럼, 영원히 보내지 못하는 것은 우리의 역할이 되는 것처럼. 시는

오늘 쓰는 기록이지만 시를 쓰는 순간은 이미 끝난 순간에서 긴

시간을 건너오는 것.

역할에 연습이 있다면

영원한 역할이라는 것이 존재할까요. 바다 앞에 앉으면 드는 생각입니다. 바다는 언제나 방금 물든 것처럼 보이지요. 또렷한 것은 죽지 않는 생을 사는 듯 보입니다. 글을 쓴다는 것에 대해 생각을 정리해야 할 때 자주 바다를 찾는 이유입니다. 늘 그 역할을 해내는 바다이기에.

친한 친구는 삼 년 전에 어머니를 보냈습니다. 친구 어머니는 고열의 이유를 찾기 위해 가족들에게 숨기고 혼자 이곳저곳 다니셨다고 했습니다. 가족이 알게 된 무렵에는 이미 손을 쓰기 힘든 상황이었고 중환자실에서 마지막 마음을 전해야 했을 때는 이미 전할 수 없는 마음이 되었을 겁니다. 며칠 지나지 않아 어머니는 떠나셨습니다. 친구는 장례식장에서 전화를 걸어 와

못 한 말이 많다며 많이 울었습니다. 미리 전하지 못한 마음을 후회하면서.

대학생 때부터 모든 고민을 나누던 우리였지만 어머니가 떠나시고 일 년 넘게 우리는 어떤 말도 나누지 못했습니다. 한 명은 아픔을 감히 이해하려 하지 않았고 한 명은 아픔을 애써 참으려 하지 않았으니까요. 아주 가끔 잘 먹고 다녀야 한다는 말을 전할 때면, 친구는 누군가 만날 수 있는 때가 되면 연락하겠다는 말만 했습니다. 잘 지내라는 말이 누군가에겐 너무 무책임한 권유라는 걸 그때 처음 알았습니다.

그렇게 한 해가 지나 뜸했던 연락이 서로 잦아지고 친구는 계절의 변화를 다시 느껴갔습니다. 얼마 지나지 않아 친구에게 새로운 생명이 찾아왔습니다. 임신 소식을 전하는 친구에게 있는 힘껏 환호성을 지르며 축하를 전했습니다. 그러고는 물었습니다. "근데 아이 안 갖기로 하지 않았어?" 친구는 남편과 연애하던 시절부터 아이를 갖지 않고 둘이 행복하게 살기로 했거든요. 아이 이야기는 한 번도 하지 않았던 친구였기에 임신 소

24

식을 전하는 들뜬 모습이 처음에는 어색했습니다. 그 뒤 이어진 한 마디에 우리는 함께 울먹였지요. "문득 아이가 갖고 싶더라. 몇 번 실패했는데 엄마가 꿈에 나오고 난 뒤에 테스트기가 두 줄이었어." 말을 잇지 못한 채 흐느끼던 우리. 먼 우주에서 무언가가 우리를 지지하고 이끌어주고 있는 걸까요. 이렇게 아주 가끔 기적의 동화를 믿게 되는 순간이 있습니다.

한참을 흐느끼는 친구의 등을 돌아가신 어머니와 곧 태어날 아이가 토닥여주는 것 같았습니다. 친구의 눈물에는 어머니를 보내고 지내온 이 년의 밤이, 앞으로 얼마나 더 엄마를 그리워하며 지나야 할지 알 수 없는 밤이 가득 차 있을 거고요.

친구와 전화를 끊고 영원한 역할에 대해 생각했습니다. 보내지 못하는 것은 어쩌면 우리의 역할이 될지도 모른다는 생각. 친구는 엄마를 보내고 2년이 지나 엄마가 되었습니다. 마치 영원히 그리워할 방법으로 엄마를 살아보기로 한 것처럼. 그 결심을 응원하듯 어머니가 꿈에 나타나셨나 봅니다. 아이를 가질 생각이 없던 친구가 엄마가 되어보기로 결심한 것은 떠난 어머니에게 못 한 말이 많아서일지도 모르겠습니다. 고맙다고, 사랑한다고, 고생했다고. 전하지 못한 말은 그렇게 역할이 되어 태어났습니다. 앞으로 친구는 엄마로 살아가며 엄마가 지나온 시간들을 하나씩 볼 겁니다.

영원히 살아볼 수 없는 존재의 이름은 그리움이겠습니다. 더 사랑하기 위해, 더 고마워하기 위해 그리움은 우리의 역할이 되지요. 살아볼 수 없는 과거의 시간을 꼭 한 번은 살아보고 싶을 때 시가 탄생합니다. 살아볼 수 없어서 짐작만 하는 게 아니라 살아볼 수 없어서 짐작조차 할 수 없을 때. 시는 현실에서 쓰는 기록이지만 어쩌면 시를 쓰는 순간은 이미 끝난 순간을 쓰는 것인지도 모르겠습니다. 우리는 그것을 그리움이라고 믿으며 잘 받아 쓸니다.

4

서로의 슬픔을 나눌 수 없는 우리는 우리를 이해하지 않기로 했다.

다른 고통이 할 수 있는 일은 같은 마음을 짐작하는 일. 그리하여

시는 다른 슬픔들이 만나 머물다 가는 장면을 기록하는 것.

각각의 마음을 모아

마음을 모으면 어떤 모양이 될까 생각해 본 적이 있습니다. 대개 화려하지 않은 마음일수록 홀로 있으니, 가난하고 작고 사소한 마음이 하나둘 모이면 이름을 가질 것도 같았거든요. 처음 시를 썼을 때는 그것이 시를 쓰게 된 이유인지 몰랐는데 십사 년이 넘어가니 그 이유가 맞는 것 같습니다. 마음이 모이는 일들을 경험하면서요.

문학 행사로 한 단체에서 시인의 방을 만들어주신 적이 있습니다. 일곱 평 남짓한 공간에 제 시들을 빼곡히 전시해놓은 방이었죠. 저는 없었지만 독자들은 시인 대신 시로 가득한 방에 문을 열고 들어와 그 안에 잠시 머물다 가셨습니다. 행사가 끝나기 전 제 방에 들렀을 때, 한참 동안 마음이 이상했습니다. 밤새 쓴 낮

익은 나의 시와 단체에서 준비해주신 다정한 저의 소개를 보고 있었는데 말이죠. 이상한 마음의 시작은 마음들이 모인 흔적을 발견한 후부터입니다. 방에 들르신 분들의 인사 글이 메모지를 빼곡히 채웠고 저마다 공감한 시에는 작은 꽃들이 하나씩 놓여 있었지요. 모든 마음의 모양이 같았습니다. 잠시 머물다 간 흔적이 이토록 서로를 닮을 수 있다는 것을 알았지요.

시인의 방에 다녀간 마음을 하나씩 읽는데 똑같은 삶이 없더군요. 이곳에 왜 들렀는지, 이 시를 어떻게 읽었는지, 우린 어떤 모습으로 다시 만날 것인지, 이 모든 것은 마음의 모양에 묻혔습니다. 모든 시간을 물을 수 있는 하나의 시간이 있다면 같은 시를 읽은 우리의 시간이라는 것. 많은 시간을 떠돌던 우리는 어떤 시 하나에서 만납니다.

방을 나오며 생각했습니다. 시에 머무른 마음의 모양이 같아서 그 자리에는 같은 마음이 뭉게뭉게 불어날지도 모르겠구나. 우리가 모두 다른 시간을 살고 있다는 외롭고 고독한 그 이유가 우리를 시의 시간으로 모이게 합니다. 다른 메모들이 모여 시인의 방을 가득 채운 것처럼. 같은 슬픔과 아픔이었다면 그저 위에 겹겹이 쌓이고 말았을 마음들이 다른 슬픔과 아픔을 만나 몸집을 키워가며 큰 모양을 만듭니다. 그 모양이 눈덩이만큼 커져 다시 묵묵히 삶을 구르겠지요. 우리는 이것을 시가 되는 순간이라고 기억하면서요.

시인의 방 작은 책상에는 제가 자주 읽는 책들이 놓여 있었습니다. 책에 좋아하는 부분들을 표시해달라는 요청을 받았을 때 고민이 많았습니다. 나의 선택이 누군가의 감정을 가두는 일이 될 것 같았거든요. 그래서 반대로 방을 찾는 분들에게 좋아하는 문장을 골라 그 부분을 접어달라고 부탁드렸는데요. 행사가 끝나고 책을 받았을 때, 아주 오랜만에 마음이 시큰했습니다. 이 시큰함은 시를 처음 썼을 때 느꼈던 감정인데요. 방에 다녀가신 우리의 수만큼 페이지가 접혀 있었습니다. 같은 페이지를 고른 이가 없을 정도로 저마다 다른 장면을 택한 거죠. 시인의 방에 다녀가신 분들께, 만나지 못하고 서로를 스쳤을 방의 주인들께 이 말을 해주고 싶었습니다. 우리가 어느 하나 같은 장면을 고르지 않았기에 이렇게 각각의 장면이 모여 시집 한 권이 되었다고.

시인의 방에서 마음이 모이는 모양을 알았습니다. 같은 고통을 사는 사람은 없을 거라는 적막함이 우리를 자주 흔듭니다. 그렇지만 각기 다른 고통이 하나의 시에 모인다는 것은 얼마나 따스한 위로일까요. 시는 그래서 빛을 띕니다. 같은 고통을 겪을 수 없는 우리를 시가 대신하니까. 시를 쓰는 순간은 이런 빛들을 모아 받아 쓰고, 다시 둥글게 앉아 함께 읽을 때 시작될 겁니다.

사계절이 없는 그림에 그림자를 놓았다

책갈피가 사라지면 시작되는 이야기
낡은 서랍에 심어둔 숲의 이야기

잃기 쉬운 시간들이 우리에게 많았다

5

평범한 가사들을 우린 잊지 않는다. 십 년이 지나도 외워 부르면서. 내가 쓰고 싶은 시는 이런 시. 한 번 달콤하고는 잊는 시가 아니라 영영 그해 같은 시. 그해 겨울 꼭 기다려보는 폭설처럼, 누구에게나 있을 법한 이야기들이라서 쓸모를 얻는 시.

누구에게나 쓸모 있을 이야기

아주 긴 시간이 지나도 뚜렷한 한 마디가 있습니다. 연인의 고백이나 아이가 처음 내뱉은 단어나 라디오에서 들었던 사연 한 줄 등등. 어떤 순간마다 선명히 떠오르는 말은 힘이 되기도 하겠지만 어떤 말은 상처를 주기도 하겠지요. 어쨌거나 기억 속 한 줄에는 기한이 없습니다.

첫 시집을 낸 후 일본 잡지 인터뷰를 하게 되었습니다. 처음 인터뷰 제안이 왔을 때 '한국 대표 MZ 시인'이라는 주제가 부담스럽기도 했습니다. 젊은 시인은 너무나 많고 시집은 더욱더 많은데 왜 나를 선정하셨는지 곰곰이 생각해봐야 했습니다. MZ라고 하기에는 조금 부끄럽고 등단 햇수에 비해 나이가 어린 것은 맞고, 이런저런 생각을 하다가 '한국'이라는 단어에서 멈추게

되었죠. 한국 시인으로서라면 일본 독자들에게 꼭 해
주고 싶은 말이 있다는 생각이 들었습니다.

서정이라는 말은 어떻게 보면 참 흔하지만 우리 삶
을 지탱해주는 가장 묵직한 단어라고 생각합니다. 문
학의 사전적 정의를 보더라도 서정은 그 출발입니다.
개인의 시각이니 어떤 이는 다르게 생각할 수도 있겠
습니다. 저에게 문학은 서정이고, 서정을 읽는 우리는
다시 문학이 되니까요. 한국의 정통시에 담긴 서정을
잃지도 잊지도 않고 싶습니다.

시에 빠지고 울던 때, 습작의 시작에는 김소월, 박목
월 선생님이 있었습니다. 시 한 줄을 잊지 못해 며칠
울기도 하고 온종일 공책을 빼곡히 도배하기도 했습니
다. 사랑을 모르던 때에도, 사랑을 조금 알 것 같은 때
에도 김소월 선생님의 시 "먼 훗날 당신이 찾으시면 그
때에 내 말이 '잊었노라.'"(「먼 후일」)를 가슴에 품었습니
다. 서정은 이런 게 아닐까요. 잊고 싶지 않고, 잊을 수
없어서, 해마다 첫눈을 맞이하듯 영영 그 자리에 있는
시 말입니다. 나 혼자 겪거나 느낄 법한 이야기는 서정

이 되지 못한 채 나만의 감정이 됩니다. 그러나 누구에게나 있을 법한 아주 평범해 보이는 일은 우리의 서정이 되는 것이지요.

일본 잡지 인터뷰를 하며 한국의 정통시에 담긴 서정을 많이 이야기하고 싶었습니다. 부족하게나마 그 서정을 이어가고 싶다고 이야기하며 다시 한번 깊게 다짐하게 되었고요. 기형도 선생님과 최승자 선생님이 열어주신 1980년대의 한국 시를 이야기할 수 있어서, 신경림 선생님이 남기고 가신 사랑 노래를 들려드릴 수 있어서 까마득한 후배는 너무나 행복했습니다.

인터뷰가 나가고 일본 독자들에게 몇 통의 메일을 받았습니다. 감사하고 뭉클해서 몇 번을 읽었습니다. 일본 기자가 일어로 번역해 인터뷰에 수록한 저의 시를 읽은 일본 독자들은 모두 같은 감정이었습니다. 국경을 넘어, 언어를 넘어 우리가 함께 시를 나눌 수 있었던 건 아마도 서정이 우리를 이어주었기 때문이리라 믿습니다. 누구나 겪을 만한 감정은 이렇게 국경을 초월해 서로의 손을 잡게 합니다. 아주 먼 거리에서도요.

시는 오래 지나도 그 자리에 있어, 누구나 꺼내 보며 살아갈 수 있는 아주 흔한 이야기이면 좋겠습니다. 시를 쓰는 순간은 흔한 이야기를 모두의 이야기로 쓸 때가 아닐까요.

6

숲 가운데 앉아 웃던 우리, 읽던 우리, 안던 우리, 보듬던 우리를 하나씩 베어낸다. 더 살아낸 쪽이 할 수 있는 일. 무성한 시간들을 성실히 베어내고 나면 다시 자라난 우리를 안아줄 수 있을 것 같다. 시는 수많은 얼굴을 기억하고, 베어내고, 다시 기억하는 일.

우리의 숲을 걸으며

덜어내려 애쓴 것들이 있습니다. 끝나가는 관계를 조금 더 간결하게 하거나, 한쪽이 더 큰 마음을 가졌을 때 적당히 평평해지기 위한 노력 같은 거죠. 감정이든 마음이든 덜어내자 싶어 애써보는데 반대로 쑥쑥 무성해지는 것들이 있습니다. 뭐라고 해야 할까요. 이 지독한 줄기 같은 것을. 무성해지는 것들은 이상하리만큼 밤마다 가속도가 붙어 아침이 되면 더 자라 있습니다.

외할머니가 떠나기 직전까지 지내시던 방을 떠올리면 그곳은 열 개가 넘는 얼굴이 가득한 할머니'들'의 숲이었습니다. 할머니는 그 작은 방에서 어린아이가 되었다가 호통치는 호랑이 아주머니가 되었다가 귀여운 우리 할머니로 돌아오기도 했지요. 치매가 찾아왔습니다.

시간은 애쓰지 않아도 열렬히 쌓였습니다. 열다섯 명 남짓 되는 손주들 중 나를 유난히 아꼈던 할머니는 정만 주던 시간 끝에 치매와 만났습니다. 어린 나는 할머니가 발라주던 생선, 몰래 내 주머니에 넣어주던 사탕이 언제까지나 계속될 거라 믿었던 건지, 변한 할머니를 바라보는 일이 너무나 힘들었습니다. 성숙하지 못했던 나는 할머니의 좋은 모습만 기억하고 싶어서, 할머니를 보는 일이 너무 두렵기도 했지요. 시간은 지나가는 거라고 생각했습니다. 그냥 두면 무난하게 더 좋지는 않아도 나빠지지는 않는, 그런 무던한 시간을 믿었습니다. 내가 믿고 나를 믿어주는 가족만큼은 그대로 변함없이. 그러나 할머니의 시간은 이상하게 자라나고 있었습니다.

이것을 숲이라고 하겠습니다. 열 개 가까이 되는 할머니의 탈이 걸린 숲. 치매 증상이 극에 달했던 할머니의 일 년을 돌이켜 보면 할머니의 방문을 열 때마다 다른 사람이 앉아 있었으니까요. 할머니가 병원에 입원하시기 전까지, 할머니는 웃다가 호통쳤다가 한 곳을 멍하게 바라보다가 그렇게 몇 개의 탈을 바꿔 써가며 작은 방에 있었습니다. 포근한 이불 냄새를 품은 뜨개 조끼를 입고 나를 안아주던 할머니는 나를 노려보는 소설 속 인물이 되어갔습니다.

할머니는 '할머니를 둘러싼 숲'에서 어땠을까요. 병실에 계시던 할머니는 돌아가시기 직전까지도 정신이 들 때마다 나를 보며 활짝 웃었습니다. 보드라운 볼살이 전부 사라진 할머니는 그렇게 영원한, 시간의 숲으로 돌아가셨습니다.

시간은 이렇게 거꾸로 흘러 영원한 시간 속으로 가더군요. 제 시에는 할머니가 종종 등장합니다. 할머니는 아직도 가끔 꿈에 나타나 가장 행복한 모습을 보여주다가 내가 가장 잊고 싶은 무서운 얼굴을 보여주기도 합니다. 조금 더 시간이 지나니 알 것 같습니다. 그리운 것들은 거꾸로 흐르는 시간 속에 얼굴을 하나씩 걸어두고 기억하게 한다는 것을. 할머니의 얼굴을 하나씩 심어두는 것처럼 시는 영원의 숲으로 그리운 것들을 보내는 일 같습니다.

시를 쓰는 일은 우리의 얼굴들을 하나씩 기억하는 일입니다. 그리하여 시를 쓰는 순간은 계절마다 그 자리에 수많은 나무가 피어날 때이고요.

위로는 안아줄 수가 없어서 녹슬지 않는다는

모든 포옹을 빌려도 모자란 흰 눈 같았다

숨길 수 없는 슬픔들이 날아다니는 정원에

빈 액자들을 걸어두는 우리가 있었다

7

시는 전해지지 않을 약속과 돌아오지 않을 안부, 그 사이에 있다.

우리는 이 사이의 거리에 앉아서 기다리지 않아도 좋을 기다림을

이야기한다. 긴 기다림이 자리를 찾을 때 그때를 시를 쓰는 순간

이라고 하면서.

도착한다는 믿음

우리는 이미 건넨 안부와 언젠가는 돌아올 거라 믿는 안부 사이에서 살아갑니다. 어쩌면 두 안부의 거리는 너무 가깝지도 멀지도 않아 감정의 구분을 없애기도 합니다. 그래서 마음은 두 안부 중에 하나만 고를 수 없는 것을 이미 알아차린 듯합니다.

프라하로 여행을 갔을 때의 일입니다. 프란츠 카프카의 단골 카페였다고 하여 꼭 들르고 싶었던 카페 루브르(CAFÉ LOUVRE)로 향했지요. 1902년부터 영업을 해온 프라하에서 가장 오래된 카페였습니다. 원목 테이블, 곳곳에 걸린 오래된 액자, 투박하고 귀여운 정통 케이크, 여유롭게 커피를 즐기는 프라하 사람들까지 상상했던 그대로의 모습. 수많은 이들 중 누군가는, 이곳을 찾은 이유가 나처럼 카프카의 문장을 사랑하기 때문이리라 믿으면서 한참을 앉아 있었습니다. 카프카가 앉아 있었을 오래전 그날을 상상해보다가 슬슬 임무를 시작했습니다.

나 혼자만의 결심이라 임무라고 하기에는 거창했습니다. 어쨌든 먼 프라하까지 가서 꼭 해야 했던 임무는 부끄럽게도 낙서였습니다. 낙서라니, 그것도 백이십 년 넘은 명소에서. 모르는 사람이 볼 수 있는 낙서를 해두기로 했습니다. 이 낙서의 계획은 친한 라디오작가 선배의 여행 이야기에서 시작됐습니다. 프랑스에서 몇 달 살다 온 선배는 프랑스 카페 곳곳에 작은 일기장을 두고 왔다고 했습니다. '당신의 것이에요.'라는 문구와 함께. 선배가 떠난 뒤 그 테이블에 앉는 사람이 일기장을 가지는 거죠. 일기장 첫 장에는 간단히 자신의 소개와 이메일을 적어두었다고 했습니다. 일기장을 그냥 두고 가는 사람, 일기장을 가져가는 사람, 그리고 이메일을 보내 오는 사람이 생기는 거죠. 선배는 두 통의 메일을 받았고 그중 한 사람과는 꽤 오래 주고받았다고 했습니다. 독일 남자로 기억하는데 비슷한 나이에 서로 여행

자였기에 서로 좋았던 곳들을 이야기했다고 했지요.

　선배의 이야기를 듣는데 마음이 어딘가 뜨거워졌습니다. '당신의 것이에요.'라는 문구와 일부러 흘려둔 일기장, 그 안부를 잡고 이메일을 보내 온 남자의 마음, 기대하지 않으며 기다렸을 선배의 마음까지 어느 하나 화려한 것은 없었습니다. 그런데 그 시간의 흐름이 참 선명하더군요. 건네는 마음과 받는 마음, 그리고 둘 사이에서 만들어지는 기다림. 마음이 전달되는 방향을 화살표로 그리면 이런 모습일까요. 어렵고 흐릿하기만 했던 방향이 처음으로 머리에 그려졌습니다. 그때 다짐했지요. 화살표를 내가 시작해보겠다고. 그 임무를 수행할 곳이 프라하의 카페 루브르였던 겁니다. 카페에는 테이블마다 작은 메모지가 놓여 있었습니다. 주문할 것을 적는 용도였을 것 같은데 임무를 수행하기에는 너무나 좋았지요. 메모지 몇 장에 좋아하는 시 구절, 소설 구절을 적어 몇 군데에 몰래 흘려두었습니다. 손님이 없는 테이블에 슬쩍, 화장실로 가는 발코니에 슬쩍, 커피를 마신 후 접시에 슬쩍. 이게 뭐라고 혼자 어찌나 킥킥대며 설레며 좋아했는지 모르겠습니다.

한 번씩 그 날을 떠올리며 누가 메모지를 읽었을까, 한 사람이라도 읽기는 했을까 생각해봅니다. 전부 그냥 바람에 날려 간 건 아닌지, 쓰레기통에 들어간 건 아닌지 모르지만 그렇다 해도 좋고요. 대단한 일을 한 것은 아닌데 돌아오지 않을 안부를 기다리는 마음이었습니다. 선배처럼 이메일 주소를 적지는 않았습니다. 시가 읽히며 멀리 떠나는 방식처럼, 답은 돌아오지 않아도 될 것 같았으니까요. 화살표로 마음이 시작되어 전해지는 방향을 그리다가 시가 떠나는 방향을 보았습니다. 시가 읽히면서 떠다니다가 누군가에게 앉는 모습이, 시가 읽히지 못하고 다른 자리를 찾아 다시 떠나는 모습이, 마음과 비슷하구나 싶습니다.

시는 전해지지 않을 약속과 돌아오지 않을 안부, 그 사이에 있는 것 같습니다. 우리는 이 사이의 거리에 앉아서 손도 흔들고 포옹도 할 텐데요. 그러다가 자리를 찾을 때, 우리는 그때를 시를 쓰는 순간이라고 할 것입니다.

8

시는 나를 가둠으로 시작되는 대화다. 흘린다는 것은 다시 담을

수 없는 과거가 된다는 것, 흐른다는 것은 어떤 길로 가는지 눈으

로 바라보는 것. 바다 앞에 앉아 바다가 들려준 귀한 이야기처럼.

나를 가두어 오롯이 무언가를 바라볼 때 우리의 대화는 시작된다.

시는 가장 고요하고 묵묵한 존재의 속사정을 오래 기록하는 것.

자발적 고독의 쓸모

아무것도 하지 않고 하루를 보낸 적이 있습니다. 생각이 복잡해 택한 하루였는데 머리가 아팠지만 이상하게 싫지 않은 날로 기억합니다. 그날 내가 무엇을 했는지 생각해보니 시간을 바라봤던 것 같습니다. 오롯이 한 자리에서 하루가 가는 것을 바라본 적이 처음이었달까요. 그 후 주기적으로, 의자에 앉아 아무것도 하지 않곤 합니다. 우리가 보내는 것인지 흐르는 것인지 모를, 파도 앞에 선 것처럼. 시작은 한여름 여행이었습니다.

등단 직전인 2012년 여름, 우도를 찾았습니다. 마음이 차갑지도 따뜻하지도 못했던 여름이었습니다. 등단 준비가 막바지에 이르렀을 때, 문예지에 투고할 원고를 잠시 두고 떠났거든요.

이렇게 고요한 곳이 있을까, 우도의 첫인상입니다. 파란 바다, 형형색색 작은 지붕들, 일터를 오가는 할머니들, 코를 찌르는 생선 냄새까지, 삶의 온 감각이 이렇게도 선명하구나 싶었습니다. 한동안 이 날것의 감각을 잊고 살았던 거죠. 그것이 생애 첫 섬의 첫 얼굴입니다.

식당 앞 작은 바다를 걸었습니다. 파도의 색과 소리, 빛이 떨어지는 모양을 그렇게 뚜렷하게 본 적은 처음이었습니다. 옆에 사람이 없고 나눌 이야기가 없으니 그때서야 보인 삶의 선명함이랄까. 가까운 사람들은 내가 바다를 좋아하는 걸 다 아는데 지금까지 난 어떤 바다를 좋아했던 건지 부끄러워졌습니다. 이렇게 순수한 그대로의 바다를 보는 게 처음인데, 난 정말 바다를 사랑한 것이 맞을까, 생각하며 태어나 처음으로 두 시간 넘게 바다만 보았습니다.

바다를 한참 보고 나니 이런 생각이 들었습니다. 시인은 단어를 오래 품고 쓰는 사람이라 생각했는데 내가 쓰고 읽어온 바다는 그저 바다의 바깥이었구나, 지금까지 내가 좋아한 것은 존재가 아닌 단어였구나. 부끄럽지만 아주 귀한 깨달음을 얻었습니다. 단어를 오롯이 품을 수 있으려면 맘껏 바라봐야 한다는 것을요.

파도, 빛, 갈매기, 몇 척의 배가 각자의 자리에 잘 배치된 정물화를 보며 단정한 자리에 대해 생각했습니다. 내가 지금까지 안다고 믿었던 것은 시어가 되기엔 한참 부족한 겉의 모양새였다고. 시인의 언어가 되기까지는 그것을 수없이 바라봐야 한다는 것도.

지금까지 늘 누군가와 함께 찾았던 바다에는 고독이 없었습니다. 친구와 함께 노래를 부르고 연인과 함께 사랑을 속삭이던 바다 앞에서 우리는 파도의 말을 듣지 못했을 겁니다. 무언가를 골똘히 바라보기 위해서는, 온전히 품기 위해서는 그 대상과 나, 둘만이 존재하는 곳이 필요할지도 모르겠습니다. 작은 대화는 그렇게 시작되는 것 같습니다. 나의 적막은 이제 시작임을 바다가 마주 보이는 작은 모래사장 한쪽에서 배웠습니다.

오래 존재를 품는다는 것은 그 속사정을 보는 마음을 가지는 일일 겁니다. 대상이 무엇이 되었든 자신과 그 존재 둘만이 오롯이 한 세상일 때 남들은 듣지 못한 이야기를 듣게 되지요. 그것이 위태로운 이야기라 할지라도 가까이 다가가면 존재는 늘 솔직한 이야기를 들려주니까요.

2012년 여름, 오래 써온 시들을 모으고 골라 등단 준비를 하며 많은 생각을 했습니다. 나는 왜 시를 쓰고 싶은지, 왜 시인이 되고 싶은지. 우도에서 돌아와 내가 안다고 믿었지만 알지 못했던 존재들에 대해 한참 다시 생각하며 밤을 지새웠고 시를 퇴고해 응모했습니다.

시를 쓰는 순간은 적막의 쓸모를 깨닫는 순간일 겁니다. 나를 가둠으로 대화가 시작되고 그 대화로 시를 쓰며 가장 고요하고 묵묵한 속사정을 기록하는 순간.

벽에 시를 쓰는 사람이 있었다
우리는 이것을 빛의 탄생이라고

벽이 두 개의 그림자로 물들면
우리는 이것을 오래된 노래라고

보내지 못한 만큼의 전설들을 꺼내어
이제 무수한 진심을 이야기하자

9

어떤 순간을 돌아본다는 것은 잊지 않았다는 것. 잊지 않았다는 것은 지날 수 있어도 지나지 않았다는 것이다. 시간을 걷어낸 순간에는 너무 선명한 흑백들이 있다. 계절이 없고 공간이 없어도 바래지 않고 살아 있는 표정들. 그리하여 시를 쓰는 일은 텅 빈 공간에 남은 시제 없는 순간을 기록하는 일.

시제 없는 흑백의 계절

시제가 없는 이야기들이 있습니다. 과거와 현재가 같아서 '늘'이라고 하면 모든 시간을 아우를 수 있는 그런 이야기들이. 제게는 그것이 가족의 사랑, 영원을 약속한 사람의 보살핌, 시간이 지나도 잊히지 않는 어떤 풍경이었습니다. 우리를 긴 시간 지탱해온 이들의 사랑, 우정 이런 포근한 결들의 시제는 정지된 채로 단단하게 굳어가서 든든합니다. 그러나 어떤 시제는 우리를 가둬놓기도 합니다. 포근한 결들의 시제와는 다르게 굳어가며 깊어지기만 하는 시제가 있지요. 연극이 끝난 후에도 나아가지 못한 감정이나 해결되지 못한 결론이 남아 있을 때 자리를 뜨지 못하는 것처럼. 어떤 장면은 일 년, 수십 년이 지나도 더 나아가지 못한 시제로 남아 있습니다.

몇 해 전 산문집을 출간하고 메일을 받았습니다. 병실에서 책을 읽는다던 이십 대 친구는 몸이 많이 아프다고 했습니다. 기약 없는 병실 생활에서 엄마나 친구에게 부탁해 읽고 싶은 책들을 받아 읽는다고 했지요. 그녀는 미술을 전공하고 있지만 시인이 되고 싶다고 했습니다. 책을 잘 읽고 있다, 종종 메일을 드리고 싶다 등 얼마나 귀엽고 예쁜 문장들이었는지 아직도 잊지 못하는 메일입니다. 메일을 받고 너무 기뻐서 바로 답장을 했지요. 너무 고맙다, 퇴원하면 연락을 달라, 책을 꼭 선물하고 싶다, 메일을 주면 얼마든지 답장을 쓰겠다고.

그 뒤로 두세 번 메일을 주고받았습니다. 서로를 몰라 특별한 이야기를 들어줄 수 없어 미안한 마음이었지만 서로 글을, 건강을 응원하는 것만으로도 너무 다정한 날들이었지요. 그 뒤 어느 순간 메일이 끊겼습니다. 꼭 건강해지고 싶다는 말을 했던 친구이기에 항암 치료 속에서 너무 힘들게 지내겠구나 짐작하며 기다렸지요. 끝내 답장은 오지 않았습니다.

몇 달 지나, 소식이 궁금해 메일을 보냈지만 그 친구는 읽지 않았습니다. 첫 시집을 낸 지 육 개월 뒤쯤 SNS에 친구 이야기를 적기도 했습니다. 한 번쯤 답장을 받고 싶은데, 잘 지내는지 너무 궁금한데 나의 욕심일지도 몰라 그저 조금 더 건강한 날들이기를 바랐지요. 얼어 있는 한 시제를 녹이고 싶던 욕심은 어느새 사라지고 차라리 얼음꽃으로 두는 게 나을 것 같았습니다.

　우리의 시제는 더 나아가지도 않고 2018년 그날에 멈춰 있습니다. 메일을 주고받던 이후의 친구 일을 상상하는 것에는 너무 많은 길이 있어서, 그 친구의 시제를 내가 멈춘 것인지도 모르겠습니다. 더 나아가지 않아 나만 머물러 있는 것 같은 힘든 과거도 있고, 더 나아가지 않도록 우리가 멈추는 순간도 많으니까요.

　어느 순간은 우리를 가두어 오 년, 십 년이 지나도 그 자리에 머물게 합니다. 계절이 빠진 어느 풍경에 주인공과 사건만 놓이는 것 같기도 합니다. 조금 더 선명한 공간과 시간이 존재하지 않아 어쩌면 더 선명할지도 모릅니다. 어떤 기억은 한 사람의 표정만 남기도 하듯이. 이런 시제 없는 순간들이 모인 우리의 삶에서 시를 만납니다. 시를 쓰는 일은 텅 빈 공간에 남은 시제 없는 순간을 기록하는 일 같습니다.

10

오래 바라봐온 모든 것, 우리가 그 이야기를 쓴다면 아마 세상의

모든 시는 사랑을 말할 수 있지 않을까. 시를 쓰는 일은 오래 보는

일. 기억하고 싶지 않을 만큼 힘들었던 순간들을 잘 보내기 위해

곁에 오래 두는 일. 시를 쓰는 일은 조금 더 성숙한 배웅 같다.

사랑이라 부르는 순간

사랑을 멀찍이 뒤에서 보면 얼마나 작은 존재일까요. 우리가 사랑하는 누군가는 우리에게 우주에서 가장 큰 존재일지 모르나 몇천 걸음 뒤에서 보면 우주를 구성하는 아주 작은 존재일지도 모릅니다. 예전에 쓴 산문집에서 사랑의 감정을 크루아상에 비유했습니다. 차곡차곡히 쌓인 겹을 한 입 싹 베어 물어 버터가 팡 터지는 그 순간, 그 많은 결을 한 번에 맛보는 크루아상처럼 사랑에는 수 겹의 정의가 있으니까요. 사랑을 크루아상에 비유하니 사랑이 아주 얇은 막들의 결합으로 보이더군요.

'사랑하다'의 옛말은 '괴다'라고 합니다. '괴다'는 '생각하다'와 같은 의미로 사용되었다고 하고요. 그렇다면 사랑한다는 것은 생각한다는 뜻일 겁니다. 무언가를 오래 생각한다면 그것은 사랑의 다른 얼굴들이겠습니다. 낡은 책을 아끼는 일, 아픔을 기꺼이 회복하는 일, 잠든 아기의 숨소리를 맡는 일, 이 모든 것은 오랜 시간을 들인 일입니다. 오래 지나오며 수 겹의 감정을 가진 것, 겹겹의 시간을 쌓아 올린 모든 것이 사랑이란 걸 깨달았습니다. 우리가 오래 바라봐온 모든 것. 우리가 그 이야기를 쓴다면 아마 세상의 모든 시는 사랑을 말할지도 모르겠습니다.

시집에 사랑을 주제로 한 시는 몇 편 없는데, 시집을 읽고 메일을 주시는 분들 중에는 사랑으로 해석하신 분이 많았습니다. 사랑은 가장 처절하고 포근하고 냉정하여, 우리는 서로를 사랑의 바깥으로 내몰고 싶다가 다시 허기에 서로를 찾지요. 메일에 자주 적힌 사랑이라는 단어를 오래 고민해보기로 했습니다. '사랑시가 맞나?' 의아해하며 메일을 읽어 내려가다 보면 서서히 보입니다. 사랑이 아닌 모든 사랑이.

사랑을 말한다고 하면 흔히 남녀 간의 사랑을 떠올리지요. 그래서 사랑시라고 하면 저도 어딘가 어색하고 의아했는데요. 사랑의 가장 단순한 얼굴만을 떠올렸기 때문일 겁니다. 사랑이 오래 생각하고 품는 모든 것임을 몰랐으니까요. 어떤 일은 오래 생각하는 것이 고통스럽고 슬플지도 모르지요. 죽음, 이별 등도 힘들지만 오래 돌보고 생각해야 한다는 것을 우리는 압니다.

시를 쓰는 일은 대부분 힘들게, 오래 보는 일 같습니다. 다정하게, 포근하게 오래 본 것들이 시가 된 경우는 많이 없는데, 기억하고 싶지 않을 만큼 힘들었던 순간들은 오래 지난 후 시가 됩니다. '오래 생각한 일'이 사랑이 된다니 얼마나 다행인지요. 고통을 겪은 직후에는 시가 되지 않는 이유가 여기 있을 겁니다. 고통을 느끼고, 울어도 보고, 울음이 그친 후에 다시 생각해 보고, 다시 생각한 후에 조금 더 시간이 지나 다시 들여다보면 고통의 얼굴이 조금 달라져 있거든요.

아, 이제 보니 우리가 쓰는 모든 시는 어쩌면 사랑시가 맞는 것도 같습니다. 꽤 오래 담아두었던 응축된 감정들이 시가 되니까요. 버리거나 지나치지 않고 울부짖고 넘어지면서 오랜 시간 생각해온 모든 것 말입니다.

어떤 인터뷰에서 이런 질문을 받았습니다. 시를 쓰게 된 이야기를 듣기 전까지 그 시는 그저 낭만적이고 아름다운 장면인 줄 알았다고. 몇 차례 고통과의 재회 뒤에 고통은 다른 얼굴을 보여주기도 합니다. 시간이 지난다고 그 고통이 잊히지는 않겠으나 고통과의 우정이 깊어져 있을 겁니다. 그 오랜 시간이 시가 되는 순간이고요.

메일을 주신 여러분이 옳았습니다. 어쩌면 잘 보내기 위해 곁에 오래 두는지도 모르겠습니다. 시를 쓰는 일은 조금 더 생각한 후에 보내주는 성숙한 배웅 같습니다. 시를 쓰는 순간은 이 배웅을 웃으며 할 수 있을 때이고요.

한 잎씩 꽃잎을 떼어가며 시간을 거스르던 아이는
바래지는 마음을 뿌리는 어른이 되어 있었다

말린 꽃을 피우고 싶은 날이 있었다
피어나지 않는 영원의 호흡으로

시는 당연한 것들을 다시 들여다보는 마음. 시를 쓰는 일은 이 당연하지 않았던 마음을 기록하는 것. 각각의 비밀이 서로를 가로지를 때 우리의 비밀은 가장 쓸모 있는 이야기가 될 수 있을까. 우리가 비밀의 숲 사이를 함께 걸을 수 있다면.

가난한 우리에게

가난함이 아름다울 수 있다는 것, 이 당연한 아름다움을 처음 알게 된 건 대학교 도서관에서였습니다. 당연하게 생각해온 것들이 당연하지 않았다는 것은 시를 쓰고 싶은 이유가 되기도 했지요. 어쩌면 너무나 당연했던 것을 다시 돌아보는 것이 시인이란 걸 신경림 선생님에게서 배웠습니다. 선생님이 한 청년을 위해 지어주신 그 노래에 빠진 후에.

고등학생 때부터 시를 좋아했지만 그때는 마냥 좋았습니다. 시가 무엇인지, 시를 쓴다는 것이 무엇인지에 대해 아무 생각도 없었지요. 그래도 너무 좋아서 읽고 썼습니다. 무언가의 정의를 모를 때 더 맘껏 빠져들 수 있는 것처럼 말입니다. 대학교에 들어가서도 마찬가지였습니다. 친구들이 집으로 가면 기숙사로 돌아가기

전에 학교 도서관에서 무작정 시집을 읽었습니다. 고등학생 때보다는 시를 조금 더 알게 되었지만 내게 시를 알려줄 사람이 아무도 없었지요. 무턱대고 골라 읽고, 그 시인이 좋으면 다른 시집을 찾아 읽고, 이렇게 꼬리에 꼬리를 물고 읽은 시집이 수천 권이 되었습니다. 그중 대학교 1학년 겨울 밤, 밤새 시 하나를 붙잡고 울었던 기억이 납니다. 신경림 선생님의 시입니다.

시인 신경림 선생님의 알려진 일화 중 하나는 청년을 위한 결혼식입니다. 어느 술집에서 만난 청년이 가난하여 사랑하는 여자를 포기해야 한다는 이야기를 털어놓습니다. 그는 노동운동을 했다는 이유로 지명수배 중이었는데요. 청년의 가난한 사랑을 들은 신경림 선생님은 절대 사랑을 포기하지 말라고, 결혼을 하게 되면 내가 축시를 써주겠노라 말씀하셨다고 합니다. 청년은 얼마나 오래 사랑을 포기했으며, 사랑해도 된다는 것을 잊은 걸까요. 선생님의 한마디에 용기 낸 것을 보면. 너무 오래 사랑을 잊고 살았나 봅니다. 때로 어떤 위로는 무모한 용기를 갖게 하듯이. 신경림 선생님의 응원에 용기를 낸 청년은 그녀와 결혼을 하게 됩니다.

　지명수배 중인 청년이었기에 결혼식은 아주 비밀스럽게 진행되었고 그때 선생님은 약속대로 두 사람을 위한 축사를 선물하셨지요. 그 시가 「너희 사랑」인데요, 결혼식에 이 시가 울려 퍼질 때 두 남녀는 신경림 선생님을 어떤 눈빛으로 바라봤을까요. 제가 기숙사에서 울며 떠올려봤던 장면입니다. 어떤 시가 좋은지, 어떻게 시를 써야 하는지 완벽하게는 몰랐지만 그때 알았습니다. 좋음과 나쁨의 기준을 앞서는 것은 이런 시라고. 이런 시를 쓴다면 시인이라고 말할 수 있겠다고. 신경림 선생님의 시들은 그렇게 제게 뚜렷한 시인의 얼굴을 알려주었습니다.

　시는 현실에서는 말할 수 없는 것을 시의 언어로 이야기하는 것이라고, 수업에서나 질문을 받을 때나 이렇게 답합니다. 그러나 현실에서 말할 수 없는 나 혼자만의 비밀이고 싶지는 않습니다. 지극히 개인적인 생각, 상상, 바람, 후회 등이 시가 될 수 있겠지만 그것이 우리만의 비밀이기도 했으면 좋겠습니다. 나의 시어를 빌리지만 누구나 느꼈을, 느끼고 싶을, 느껴야 할 이야기를 쓸 때 읽는 이들에게 시로 닿을 거라 믿으니까요. 신경림 선생님은 한 청년을 위해 그 시를 쓰셨을 겁니다. 그러나 그 시가 이렇게 수많은 이에게 닿아 심장을 울릴 수 있었지요.

한 사람을 위한 시는 우리의 시가 되었습니다. 우리가 살다가 한 번쯤 느낄 만한 감정이기에 어느 누가 읽어도 청년이 될 수 있고요. 현실을 잊는다 해도 현실을 배제하지 않아 우리와 부둥켜 살아가는 오늘을 쓰는 시, 선생님이 남기고 떠나신 귀한 사랑입니다. 선생님이 별세하신 늦봄, 한참을 멍하니 앉아 있다가 밤새 선생님의 시를 필사했습니다. 수많은 가난한 마음을 위해 쓰신 시들이 우리를 가난하지 않게 합니다.

선생님은 가난한 사랑을 이야기하셨습니다. 형용사 '가난한' 뒤에 사랑을 붙이신 마음이라니, 이 얼마나 아름다운지요. 사랑보다 아름다운 것은 사랑을 바라보는 마음임을 오래 기억할 것입니다. 우리가 당연하다고 생각해온 사랑을 반성하려고 합니다. 빛나야 한다고 믿었던, 풍족해야 한다고 믿었던 사랑에 대해 다시 생각해보려 합니다.

시를 쓰는 순간은 당연한 것들을 다시 들여다보는 마음에서 시작됩니다. 시를 쓰는 일은 이 마음을 기록하는 것일 텐데, 당연하게 생각한 형용사에 새로운 명사를 붙여주는 일이 아닐까 싶습니다. 우리가 시로 인해 가난한 사랑을 처음 알았던 것처럼.

12

시는 끝을 모르는 편지이거나 다시 쓰고 싶은 일기. 우리가 겪은 이야기는 다시 새로운 완결이, 겪지 않은 이야기는 기억하고 싶은 완결이 된다. 시가 되는 순간은 미완결의 이별을 쓰며 우리가 더 사랑하기를 바라는 일.

미완결의 이야기

뒤를 알 수 없는 동화를 읽는다면 어떨까요. 어릴 때라면 마지막 장면이 궁금해 잠을 설칠 수도 있겠지만 성인이 된 우리는 각자의 방식대로 뒤를 상상해볼 겁니다. 살아가며 반복되는 아픈 결말에 지친 우리라면 어쩌면 결말을 모르는 편이 더 좋을 것도 같고요.

대학 시절 라디오 프로그램 일일 DJ를 맡은 적이 있습니다. 라디오를 너무 좋아했던 저는 무슨 자신감에서인지 일일 DJ에 지원했고 얼떨결에 뽑혀 밤 열 시부터 한 시간 동안 라디오를 진행했지요. 어디에서 그런 자신감이 생겼는지 지금 생각하면 손발이 오글거리고 얼굴이 화끈거립니다. 얼굴은 화끈거리는데 그날은 어찌나 생생히 기억나는지요. 가을밤의 이야기입니다.

한 시간 동안 저는 사연과 신청곡을 담당했습니다. 청취자들이 보내 온 고민 상담 사연을 읽고, 즉석에서 조언을 해주고, 사연에 맞는 신청곡을 소개했지요. 청취자 주 연령층이 이삼십 대였기에 사연은 주로 연애, 취직, 결혼 이야기였습니다. 스물세 살이 인생을 얼마나 안다고 사랑 이야기에 조언을 하고, 꿈을 이룰 거라며 확신을 주고, 천생연분은 반드시 나타날 거라며 주례 같은 말을 늘어놓았지요. 지금 생각하면 얼굴이 두 배 화끈거리지만 분명한 사실은 그때 저는 아주 진심으로 임했다는 것. 누군가의 이야기를 잘 들어줄 자신은 있으니, 그것 하나 믿고 일일 DJ를 지원했겠지요. 아직도 기억에 남는 사연 하나가 있습니다.

부모님 몰래 육 년 연애해온 연인의 이야기. 이탈리아인인 남자 친구와 연애 중인 한국인 여성이 보내온 사연이었습니다. 몇 달 전 남자 친구가 한국에 들어왔을 때 부모님께 인사를 드리고 결혼 승낙을 받으려 했으나 반대가 너무 심해 남자 친구는 모진 소리만 듣다가 다시 이탈리아로 떠났다고 했습니다. 그 뒤 몇 달간 매일 밤 남자 친구와 통화할 때마다 울었다면서, 부모님께 허락을 받지 못한 게 본인 탓인 것 같아 그에게 너무 미안하다고 했습니다. 한 달 뒤면 그가 다시 한국에 오는데 그때는 부모님 승낙을 받을 수 있을지, 어떤 방법이 좋을지 함께 고민해달라는 사연이었습니다. 또렷하게 기억나지는 않지만 부모님께 진심을 다해 사랑을 이야기해라, 함께 지내온 시간을 잘 전달해라, 저는 이런 이야기를 했던 것 같습니다. 진부한 답변 같지만 두 사람의 진심보다 선명한 것은 없을 테니까요.

그리고 저는 남자 친구가 부모님을 다시 만나고 난 후의 이야기를 라디오 게시판에라도 남겨주면 좋겠다고 이야기했죠. 저는 일일 DJ였기에 그다음에 어떤 이야기가 도착했을지는 모릅니다. 그 사랑은 도착하지 않았을 수도 있겠지요. 그 후로 몇 번 홈페이지에 들어가봤던 것 같은데 제작진만 읽을 수 있는 게시판이어서 아쉬워했던 기억이 납니다.

그날 많은 사연을 읽었습니다. 청취자 누군가는 미술관 큐레이터가 되었는지, 크리스마스에 계획한 사랑 고백은 이루어졌는지, 외로움과 살아가는 방법은 터득했는지… 아직도 여러 사연들이 생각납니다. 오랜 시간이 지났음에도 잊히지 않는 이유는 아마도 마지막 장면을 남겨놓았기 때문이 아닐까요. 일일 DJ라는 추억 속의 이야기라 특별할 수도 있지만 생각해보면 결론을 몰랐던 이야기들은 한 번쯤 꼭 떠오르는 것 같습니다. 우리의 미완결 이야기를 아는 누군가가 어쩌면 저 멀리서 우리의 마지막 장면을 궁금해하고 있을 수도요.

결론을 모르는 이야기의 주인공이 된다는 건 두렵고 답답한 일일지도 모릅니다. 간절히 바라는 일일수록 우리는 해피 엔딩 동화의 주인공이 되고 싶으니까요. 그러나 야속하게도 시는 대부분 미완결의 이야기인지도 모릅니다. 완결된 이야기를 쓸 수도 있습니다. 그러나 그 마지막 장면만 도려낸 이야기로 시작하죠. 완결된 이야기라면 어떤 각색도 희망도 예측도 필요 없으니까요.

시는 끝을 모르는 편지이거나 다시 쓰고 싶은 일기일 겁니다. 우리가 겪은 이야기는 다시 새로운 완결이,

겪지 않은 이야기는 우리가 기억하고 싶은 완결이 되는 것. 이것이 시가 되는 순간입니다. 미완결의 이별을 쓰며 우리가 더 사랑하기를 바랍니다.

우리는 시간을 엮어 올리브 나무에 걸었다
바람도 익숙한 곳으로 분다는 오후의 습관처럼

익숙함이 만들어낸 시간들이 흩어지면
한 걸음도 가지 못한 우리가 있었다

13

시를 쓰는 일은 숱한 나를 만나는 일이다. 결코 하나일 수 없는 여럿의 나를 만나며 나의 몫을 해내는 것. 우리는 오늘도 시를 빌려 지금이 아닌 어느 시간을 헤맨다. 시를 쓰는 순간은 여럿의 나를 만나 얼굴을 하나하나 찍어 나만의 암실에 걸어두는 밤.

우리의 방에 불이 켜지면

　　　　　　나를 들여다보는 일은 외롭고 고단합니다. 그래도 우리는 해냅니다. 나와 살아가는 몫은 나만의 것이라 미룰 수도 떠밀 수도 없으니까요. 해낸다는 것은 지나오는 것과 닮아서 잘한다는 것과는 무관할지도 모릅니다. 혹여나 잘하지 못하더라도 나만 알고 있으니, 부끄러움은 나만 감당하면 되고요. 그래서 나를 들여다보는 일을 좀 더 착실히 해낼 수 있는지도 모릅니다.

　쓰기를 선택한 우리는 들여다보는 길에서 묵묵히 씁니다. 나 혼자만 아는 나를 들여다보고 꺼내 보고 다시 넣기도 하면서. 들여다보며 쓴 문장은 거울보다 선명하며, 어떤 가사보다 입에 맴돕니다. 가끔은 섬뜩하고 두렵지만 그것 또한 나 혼자 감당할 일이지요.

내가 살 수 없는 날을 씁니다. 그날은 이미 오래전 지나왔거나 닿지 못할 아주 먼 날. 그날에 가보면 억울한 순간에서 한 걸음도 나아가지 못한 내가 있고, 다음 날이 없을 것처럼 주저앉아 울던 내가 있습니다. 오늘의 나는 그날의 나를 안아 토닥이거나 일으켜 세워 채찍질합니다. 나를 이해하는 것도 이해하지 못하는 것도 나임을 아니까요. 오늘의 나는 다시 그날을 살 수 없으니, 그날의 나를 조금 더 자란 나로 두고 다시 돌아옵니다. 닿지 못할 아주 먼 날로 가보면 나는 기대만큼 자라 있지 않습니다. 오늘의 나는 그날의 나에게 푸념도 하고, 격려도 합니다. 우리는 압니다. 비슷한 고통과 행복은 모습을 조금씩 바꾸며 미래에도 가 있을 거라는 걸. 다시 오늘로 돌아옵니다. 좀 더 안심하며 먼 훗날에서 기다리라고 말해주면서.

내가 살아볼 날을 씁니다. 이것도 과거의 나와 미래의 나를 모두 만나는 일인데요. 과거에 우리가 스쳤다면 어땠을까, 그러면 사랑이라고 말할 수 있었을까, 하며 한 번쯤은 살아봤어야 했을 날로 갑니다. 그랬다면 조금 더 다정한 사람이라고 할 수 있었을지도 모를 날로. 미래에 우리가 손을 잡는다면 어떨까 싶어 가봅니다. 어쩌면 영원히 없을 순간이지만 수백 번 되뇌는 순간들. 그러면 조금 더 후회 없는 마음을 주고받았다고 말할 수 있을지 모를 날을 다녀옵니다.

어느새 다시 내가 되어 있습니다. 살 수 없는 날과 살아볼 날을 다녀오면 오늘의 나를 더 사랑할 수 있지요. 이 사랑은 포근하거나 듬직하지만은 않습니다. 내 존재를 그대로 두는 것을 사랑이라고 말하고 싶습니다. 이렇게 나를 들여다보는 순간들은 결국 나를 사랑하기 위한 일, 독백의 노래 같습니다. 시를 쓰는 시작이자 끝이겠습니다.

쓰기를 선택한 이들을 만날 때가 있습니다. 시를 쓰고 싶은 이들에게 시 창작 강의를 할 때인데요. 반짝이는 눈빛과 제 말을 놓치지 않으려 바삐 쓰는 손을 보면 묘한 위로가 됩니다. 저는 언제나 그들에게 묻습니다. 이 힘든 시 쓰기를 왜 하는지, 하고 싶은지. 각자의 몫은 다르겠으나 대부분 하나의 이유에 머무릅니다.

현실을 잊게 해준다는 것. 그러니 오늘도 우리는 지금이 아닌 어느 시간을 헤맵니다. 시를 빌려서.

쓰기를 택한 우리는 앞으로 꽤 자주 많이 나를 만나야 합니다. 이 힘들고 외롭고 고단한 일이 우리를 살게 하고 일으켜준다는 것을 압니다. 시를 쓰는 일은 결국 숱한 나를 만나는 것입니다. 결코 하나이지 않은, 여럿의 나를 만나며 나의 몫을 해내는 것. 시를 쓰는 순간은 여럿의 나를 만나 얼굴을 하나하나 찍어 나만의 암실에 걸어두는 순간일 겁니다.

숱한 밤 내가 홀로 쓸 때, 많은 우리의 방에도 불이 켜져 있었겠구나 상상을 해봅니다. 쓰기를 택한 이들의 방에 켜진 불들이 모여 크리스마스트리 한 그루 만들기를 바라봅니다.

14

시는 애초의 약속 같다. 아주 조용하게 속삭여야 하지만 어쩌면 아주 단단한 약속. 누군가에게 닿지 못할지라도 애초의 기다림을 지켜주기 위해 오래 견뎌내고 싶은 일. 시를 쓰는 일은 한 사람을 위한 약속을 지켜내는 일.

한 사람을 향한 고백

누군가는 꼭 기억해주었으면 하는 약속이 있습니다. 그런데 어떤 약속은 지키지 못할 수도 있을 것 같아 아주 조용히 숨어서, 속삭이듯 하고 싶지요. 그런 약속은 마음만으로 되지 않거나 의지만으로 결론을 알 수 없는 것들인데, 누군가에게라도 고백해 지켜낼 의지를 만들고 싶게 하는 것 같습니다.

MBC 방송작가였던 시절, 매일 막차를 타고 퇴근해 자취방에 와서 씻고 누워 故 신해철 님의 〈고스트스테이션〉을 들었습니다. 무모하고 치열하고 순수했던 스물네 살의 2011년, 그해 〈고스트스테이션〉이 새벽 방송으로 처음 편성되었는데, 어떤 날은 음악만으로, 어떤 날은 사연만으로 채워졌지요. 한 사람의 목소리거나 음악만인 그 시간이 막차 퇴근도 행복했던 이유였습니다.

넘치는 대화에 지친 초년생에게 아주 귀한 밤이었죠.

하루는 내 소개를 하며 시집을 몇백 권 읽고, 수백 편 시를 썼다는 사연을 보냈습니다. 주로 방송사 프로듀서나 기자 시험을 준비하던 대학 동기들에게도 말하지 못했던 오랜 꿈. 시인이 되고 싶다는 꿈을 한 사람에게 고백했던 밤이 왜 그렇게 행복했는지 히죽히죽 웃었습니다. 어떤 고백은 전달하는 것만으로, 전해지지 않더라도 사랑의 시작이 되기도 하니까.

그 뒤 2012년 꽃샘추위였던 어느 밤, 퇴근하고 여느 날처럼 씻고 누워 라디오를 틀었는데 신해철 님이 복통으로 방송을 못 하게 되었다고 했습니다. 그렇게 당분간 생방송이 끊겼지요. 어쨌거나 나는 한 사람에게 등단을 하고 싶다는 고백을 했으니 지키리라는 의지로 그가 돌아오길 바라며 계속 읽고 썼습니다. 신해철 님은 금세 생방으로 복귀했지만 내가 다니던 MBC에서는 노조 파업이 시작됐습니다. 얼마 지나지 않아 그는 방송 파업으로 인해 담당 프로듀서가 프로그램을 떠났다고 말하며 아쉬움을 드러냈고 나 역시 같은 방송사에 몸담은 사람으로서 함께 안타까워했던 기억이 납니다. 바로 다음 날 방송국으로 출근하는데 MBC 정문 앞에 피켓과 현수막이 가득하더군요. 파업은 한참 계속됐습니다.

저는 여전히 열심히 시를 읽고 썼습니다. 그사이 방송은 중단과 시작을 반복했고 여러 계절을 보내고 겨울이 올 때쯤 〈고스트스테이션〉은 마지막 방송을 했습니다. 한 달 뒤쯤 약속을 지켰습니다. 한 사람에게 속삭였던 그 약속을. 그해 12월 저는 등단을 했습니다. 마치 등단을 하기 직전까지 약속을 기다려주려는 듯, 신기한 겨울을 지났습니다.

십 년도 더 지난 지금도 시를 쓸 때마다 종종 이 약속을 떠올립니다. 시는 한 사람을 위한 약속 같습니다. 아주 조용히 속삭이는 약속처럼 누군가는 들어주기를 바라는 약속. 닿을지 닿지 못할지 모르겠으나 누군가의 기다림을 지켜주기 위해 오래 쓰고 싶어집니다. 시를 쓰는 순간은 도착지를 모르고도 성실하게 보내는 나와의 약속에서 시작될 겁니다.

다시 오지 않을 흰 눈을 기다리는 길에

환한 빛이 쏟아지면

사랑하지 않으려고 사랑하는 것을 세어보는 밤이 된다

사랑하지 않는 때로 돌아가려면

사랑하지 않는 방법뿐

15

사랑을 사랑이라 부르지 않는 곳에서 사랑하고 싶었다. 그곳은 아픔을 아픔으로 기억하지 않는 곳일 테니까. 이것은 없을 법한 이야기라서 언제나 있을 수 있는 우리의 이야기가 된다. 시를 쓰는 일은 낭만이 없는 곳에서 낭만이 되어주는 일이기에.

낭만의 역할

　　하루쯤 현실이 아닌 곳에 있고 싶다는 생각을 해봅니다. 누구나 그런 상상을 해본 적이 있을 텐데요. 사람의 숲을 잠시 떠나 존재하지 않는 이야기들을 들어보고 싶은 그런 상상 말입니다.

　어릴 때는 마냥 낭만이라는 단어를 좋아했습니다. 무슨 뜻인지 정확히도 모른 채 낭만적인 사랑, 낭만적인 사람 등이 좋아 보였거든요. 나이를 먹고 문득, 정말 낭만은 무엇인지 생각해보게 됐습니다. 늘 오래 품고 있던 단어인데 막상 생각해보니 정의 내리기 어려운 심오한 단어더군요. 사전에서 '낭만'을 처음으로 검색했던 날, 한참 고개를 갸우뚱거렸습니다. 좋은 뜻이긴 한데 도통 감이 안 왔습니다. 어디에나 낭만을 붙이면 좋은 것인 줄 알았던 저는 그때부터 낭만을 조금

경건히 대하기 시작했습니다. 이거 참, 철학적인 단어구나 하면서요.

그 심오한 단어에 대한 동경은 사회생활을 하고 사람들을 만나면서 더 커졌습니다. 대학교 졸업이 다가올 무렵 방송작가 일을 시작한 저는 계절의 변화도 모른 채 방송국에서 살다시피 했는데요. 숨김 없는 대화들, 너무 솔직한 표정들이 가득한 사회가 무서웠던 것도 같습니다. 아마 이십 대의 나는 아직 단단하지 못했을 겁니다. 주변의 문제보다는요.

가장 힘들고, 바쁘고, 혼란스러울 때마다 신기하게 시를 찾았습니다. 숨기고 싶은 이야기, 눈빛 없는 눈들과 살고 싶은 밤마다 시집을 읽고 시를 썼습니다. 그때 어렵기만 했던 낭만이라는 단어를 조금씩 알게 되었지요. 어딘가 쓸모없는 이야기인데 그래서 없을 법한 것, 낭만을 이렇게 정의하게 됐습니다. 시집 속에는 어쩌면 쓸모없고, 없을 법한 것이 가득했습니다.

시집을 읽을 때면 현실 속 말들은 잊히고, 나는 그들과 아주 멀리 떨어질 수 있었지요. 내가 느낀 낭만입니다. 그렇게 낭만에 대한 시를 한 편 썼고 2018년 발표했습니다. 그 시는 제 모든 시를 통틀어 가장 사랑받는 시가 되었지요. 시를 쓰는 지금까지 낭만이 나를 지켜주고 있는 셈이죠. 그 낭만이 수많은 독자를 만나게 해주었고 지금도 시를 쓸 힘이 됩니다.

그 시의 장면은 이렇습니다. 누군가에게는 하얀 구름이 달린 눈을 부서지지 않는 낙엽을 코에 달아주는 것. 낭만 없는 낭만에서도 너의 낭만이 되어준다고 말하고 싶었습니다. 이 세상에는 없는 이상하고 신비로운 장면을 누군가에게 선물하는 것, 시를 쓰는 이유입니다.

세상이 너무 외롭고 각박하고 고통스러운 요즘입니다. 어릴 적에는 들어보지 못한 잔인한 사건들과 먼 이야기일 것 같았던 죽음이 주변에 너무 많고요. 힘들지 않은 사람은 없을 겁니다. 누구도 해주지 않는 쓸모없는 이야기를 건네는 우리이면 좋겠습니다. 누군가는 그 이야기 하나에 동화의 나라로, 환상의 섬에도 다녀올 수 있을지 모르니까요.

신기합니다. 쓸모없는 이야기와 장면을 누군가에게

건네면 쓸모 있는 존재가 되는 것 같다는 게. 그것이 시의 쓸모일까요. 그것이 시인의 자리라면 영원히 그곳에 머무르고 싶습니다. 시를 쓰는 순간은 세상에서 오로지 둘만 취할 수 있는 낭만이 시작될 때일 겁니다.

16

시는 한 사람을 기다리는 전설을 쓰는 일. 오늘도 사라진 마을을 찾아가 빼앗긴 사랑의 전설을 기록한다. 우리는 어쩌면 깊어지기를 택한 사람들. 시를 쓰는 순간에는 이 전설이 깊어질수록 사랑에 가까워진다는 믿음으로. 마치 전설을 모르는 것처럼.

기억 정류장

같은 여행을 끝낸 우리여도 각자가 기억하는 것은 다릅니다. 어쩌면 기억이 같은 경우가 거의 없을지도 모르겠습니다. 인생의 한 구간을 정해두고 그 구간을 사랑이라 말했던 두 사람이 같은 풍경을 보고 같은 대화를 나눈 긴 여정. 이십 대 때만 해도 이 여행 끝의 기억은 서로 같지 않다는 게 야속했습니다. 마치 우리가 이별을 이미 알고 사랑을 시작하는 것 같았거든요.

사랑이 두려워진 사람이라면 알 겁니다. 누군가에게는 멜로가 누군가에게는 그저 그런 다큐가 된다니. 그 허무함을 알고도 우리는 또 사랑을 합니다. 남녀 간의 사랑만은 아닐 겁니다. 두 사람이 긴 여정을 시작하고 끝내는 모든 여행이 그럴지도 모릅니다.

긴 여정이 끝나고 나면 하나씩 정류장을 짚어보곤 하죠. 버스를 타고 한참 달려본 날이 있습니다. 통인 시장을 지나고 안국동을 지나 윤동주문학관 정류장에 내렸습니다. 무언가를 찾고 싶었던 걸까요, 아니면 무언가를 잃어버리고 싶었던 걸까요. 윤동주문학관으로 가는 길을 한참 걸어 내려오고 나니 나는 그 어디에도 내리지 않았단 걸 알게 되었습니다. 찾은 것도, 잃은 것도 없는 채로 또다시 버스를 탔습니다. 목적지가 분명하듯이 또 정류장을 세어봤습니다. 마지막으로 내린 곳은 정릉동의 한 미술관이었는데요. 기억 속 전시는 이미 사라진 지 오래고 미술관 벽돌 담벼락을 채웠던 능소화도 이제는 없습니다. 분명 내린 이유가 있는데 내린 이유가 없는 것도 같고 별일도 없습니다. 우리의 그곳은 이제 그곳이 아니니까요.

어떤 이별이든 그 후에는 두 사람의 이야기가 있던 곳을 찾게 됩니다. 꼭 내려야만 하는 정류장인 것 같아 내려보지만 사실 우리는 어느 정거장에도 내리지 않았다는 걸 뒤늦게 알게 됩니다. 달리는 버스 창가에는 한 사람의 뒷모습만 있을 뿐. 같은 행선지를 오가고 같은 이야기를 써 내려갔는데 정류장을 기억하는 이는 한 사람뿐이라는 게 허무하기도 합니다. 모든 것이 완벽히 그대로인데 나만 달라져 숨쉬는 것 같습니다. 깊이 기억하는 것은 속절없이 이토록 똑같은 곳을 재현해냅니다. 깊이의 역할은 한 사람에게만 향해 있다는 듯이.

깊이는 사랑의 대가일지도 모르겠습니다. 대가에는 균형이 없지요. 나만이 감당해야 할 짐은 어쩌면 한 사람을 기다리는 전설이 되는 것 같습니다. 이 전설을 시로 씁니다. 우리는 어쩌면 깊어지기를 택한 사람들이니까요. 우리는 오늘도 사라진 마을을 찾아가 반나절 살다 올 겁니다. 시를 쓰는 순간은 이 오래된 마을의 전설을 기록하는 일입니다. 다음에 정류장을 다시 찾았을 때 조금 더 가벼운 발걸음이기를 바라는 마음으로.

어떤 날의 진심은 영영 그해 같아서

작은 두 손은 영원한 그림자가 되지

적막보다 다정한 노래를 부를 수 있을까

기댈 수 없는 것들이 숲에서 멀어져갈 때쯤

한쪽 소매만 낡아가는 옷을 벗었다

17

살아가는 동안 끝내 전하지 못하는 진심들과 한 번도 닿지 못할 진심들이 있다. 시를 쓰는 순간은 바깥으로 비껴가는 우리들의 진심을 쓰는 일. 그것은 나의 언어로 가장 오래 말하고 싶은 이야기.

진심의 반대편에 서서

어렸을 때부터 꽃잎을 좋아했던 저는 외할머니댁 옥상에서 꽃잎을 전부 따곤 했습니다. 꽃잎을 열심히도 따던 손녀를 발견할 때면 멀리서 빗자루를 들고 혼내러 뛰어오신 할머니는 막상 손녀 애교에 그냥 웃곤 하셨지요. 완전한 꽃을 좋아하진 않았던 것 같습니다. 특이하게 꽃의 잎을 좋아했지요. 이유는 꽃잎이 날리는 모습이 좋아서였습니다. 사춘기쯤 꽃잎 사랑이 본격적으로 시작되었지요. 가지에 꽃 한 몸이 매달려 있는 것도 예쁘지만 바람에 꽃잎이 날릴 때 봄눈이 되는 것이 좋았고, 비가 내리는 날 후두둑 떨어져 물 위에 떠 있는 꽃잎이 그렇게도 아름다웠거든요. 사춘기 때 이것이 눈에 들어온 걸 보니 꽃잎처럼 자유롭고 싶은 마음이었는지도 모르겠습니다. 대중가요나 동시에서 아름다운 때를 꽃에 비유하듯이.

자선 시를 선정해달라는 청탁을 받은 적이 있습니다. 곧장 든 생각은 늦봄 아주 큰 목련이 툭 떨어졌을 때인데요. 그때 꽃의 자서전을 생각해본 적이 있었거든요. 목련을 자세히 보면 꽃잎이 하나씩 순서대로 시들기 시작하고 갈색으로 변하다가 마지막 남은 꽃잎이 처참하게 떨어지지요. 꽃의 자서전이라고 하면 아름답기만 한데 자선 시라니 부끄럽기도 하고 난감했습니다. 계간지에 늘 발표하는 신작 시보다 몇 배 더 어렵게 느껴졌지요. 수많은 시 중 자선 시는 어떻게 골라야 할지, 내가 직접 시를 고르면 무언가 비밀을 들키는 건 아닌지 싶었습니다. 그렇게 어렵게 진심에 대한 시 한 편을 골랐죠.

진심은 제가 시를 쓰게 되는 주된 주제입니다. 진심과 꽤 오래 동거하다 보니 두 번째 시집 『진심의 바깥』을 쓰게 되었지요. 마음속에 있는 말을 건네는 것이 진심이라고 하면 참 쉬운데, 그것이 잘 전달되어 타인에게 닿는 시간과 잘 전달되지 못했을 때 멀어지는 시간을 생각하면 그보다 더 어려운 것이 없습니다. 어쩌면 진심이란 모든 언어의 맨얼굴이면서 속사정인 것 같습니다. 진심에 대해 쓰는 시간에 대해 생각해보니 주로 나의 진심이 닿지 못했던 순간들이더라고요. 진심을 성실히 전달해도 자꾸 반대편으로 향하던 마음을 발견한 순간.

자선 시는 우리를 서로의 세계로 초대합니다. 자선 시는 시인의 것만이 아니기 때문인데요. 시인이 시를 쓰다 보면 유독 애착을 갖는 감정이 생기듯이 시를 읽는 독자들에게도 그런 감정이 분명 있지요. 시인의 세계와 독자의 세계가 맞닿는 지점, 거기에서 우리는 만납니다. 서로의 세계를 침범하며 동행하는 것. 자선 시는 시인에게도 독자에게도 아주 귀한 것임이 분명합니다.

며칠 고민하다가 자선 시로 진심을 쓴 시를 고르고는 그 감정을 더 돌보게 되었습니다. 자선 시를 골라달라는 청탁을 받은 후 달라진 것이지요. 피하지 않고 직면하여 진심을 더욱더 성실하게 돌보기로 합니다. 비록 반대편으로 닿는 무수한 진심들일지라도. 시를 쓰는 밤은 간혹 시에게 미안하게도, 시의 쓸모를 찾습니다. 시를 쓰는 이유, 시로 얻을 것이 무엇인지 찾다 보면 그 끝에는 늘 우리가 있습니다. 그 쓸모는 결국 시를 읽고 나눠주는 우리들에게서 채워진다는 것을 깨닫지요. 우리에게 저는 오래 진심을 전달하고 싶습니다.

어렸을 때부터 꽃의 잎을 좋아해온 시간에서 자서전을 배웠습니다. 그래서인지 꽃잎은 앞으로도 오래 시를 쓰는 이유가 될 것 같습니다. 꽃이 보여주는 흩날림은 자유이면서도 소멸이고, 문학과 닮았기 때문이지요. 시를 쓰는 순간은 꽃잎의 흐름을 들으며 시작됩니다.

18

시는 익숙해지고 싶지 않은 것들이 익숙해지는 시간. 익숙해지고

싶지 않다는 것은 기억하고 싶지 않음이 아니라 잊지 않고 싶다는

것을 안다. 시를 쓰는 순간은 꽃 한 송이가 바람을 타고 날아가 어

느 마당에 앉아 매해 다시 꽃피우는 것을 목격하는 일.

더 익숙해진다는 것

잊고 싶다는 것은 이미 익숙하다는 뜻일지도 모릅니다. 익숙하지 않다면 기억이 되지 않았을 테니까요. 그래서 때로 가장 잊고 싶은 것에 익숙해진 우리를 발견합니다.

엄마는 오 월이면 미나리를 다듬습니다. 마당에는 매해 엄마가 심어둔 미나리가 자라거든요. 간혹 엄마 집에서 며칠 묵을 때, 미나리를 다듬는 시기일 때가 있습니다. 미나리를 다듬는 엄마를 바라보며 딸은 또 애꿎게 돌아가신 외할머니 이야기를 꺼냅니다. 늘 이야기를 꺼내놓고는 아차 싶습니다. 제 기억 속 할머니 하면 떠오르는 음식 중 하나는 도토리묵입니다. 미나리를 좋아했던 외할머니는 미나리 철이 되면 엄마와 저와 도토리묵 식당에 가서 미나리를 함께 드시곤 했지요. 미나리를 드시며 좋아하던 표정과 연세가 많아도 미끄러운 도토리묵을 잘 집어 드시던 모습이 생생합니다. 식당이 험한 산길에 있어서 식당에 다녀오는 길이면 창가 손잡이를 꽉 잡고 아이처럼 무서워하시던 모습에 어린 저는 할머니를 꼭 안아주기도 했습니다.

몇 해 전 외할머니가 돌아가신 후 손녀는 미나리만 보면 외할머니가 생각나는데 딸인 엄마는 오죽할까 싶어 미나리 철에는 미나리 음식이 금지 메뉴였습니다. 그러던 엄마는 어느새 마당에 미나리를 심고 가꾸기 시작했습니다. 엄마에게 미나리는 할머니의 얼굴 같아서 잊고 싶을 법도 한데, 잊지 않고 그리워하기를 택한 것처럼. 그렇게 매해 철마다 미나리는 잘 자라납니다.

미나리를 다듬는 엄마에게 괜히 외할머니 이야기를 꺼냈다가 또 외할머니 이야기를 한참 하며 밤을 지새웠습니다. 늘 나도 모르게 이야기를 꺼내놓고 후회하기도 잠시, 엄마와 나는 마치 매해 그 철을 기다리는 것도 같습니다. 누구 하나 지지 않고 외할머니와의 추억을 이야기하기 바쁘거든요. 어쩌면 우리가 그리워하는 방식은 익숙해진 것들을 애써 잊지 않기로 하는 것일지도 모르겠습니다. 바구니에 한가득 손질된 미나리가 담기면 그 뒤 일주일은 식탁에 미나리 반찬, 미나리국 등이 줄지어 올라옵니다. 미나리를 넣은 요리를 일주일 내내 만들면서도 엄마는 내가 물으면 외할머니를 생각하지 않는다고 말합니다. 매해 미나리 철을 기다리면서 말입니다.

그렇게 우리는 그리워하는 법에 익숙해집니다. 엄마는 지겹도록 미나리를 모으고 다듬고 나는 그 곁에 앉아 할머니와 미나리를 시로 씁니다. 각자의 방식대로 점점 더 익숙해지는 거죠.

엄마에게도 외할머니의 미나리를 잊고 싶은 때가 분명 있었을 겁니다. 한 해, 두 해, 몇 해 지나며 엄마는 잊을 수 없음을 알고 마당에 기억을 수북하게 심어놓았습니다. 가장 잊고 싶은 것이라고 말하면서 동시에 우리 기억은 더 짙게 기억하고 있으니까요.

우리는 익숙해지는 그리움이 무서워서, 익숙해지는 슬픔이 겁나서 잊는다고 말합니다. 잊을 수 있다면 좋겠지만 그리운 것은 대개 애초부터 잊을 수가 없는 것인지도 모르겠습니다.

시를 쓰는 일은 익숙해지고 싶지 않은 것들이 익숙해지는 모든 과정 같습니다. 시를 쓰는 순간은 익숙해지고 싶지 않다는 마음이 기억하고 싶지 않음이 아니라는 것을 깨달으면서 시작되지요.

조용한 시를 벽에 쓰던 사람이 있었다

안부가 많은 사람에게 태어나지 않은 첫 줄이
기다림이 긴 사람에게 흘러오고 있었다

바람이 뜨겁던 밤 우리가 잡은 손 사이로
언제든 자라지 않을 준비가 된 거리가 있었다

19

아주 작은 진실로 사랑을 한다면 그것은 거짓일까, 아주 작은 허구로 사랑을 한다면 그것은 진실일까. 그 무엇도 공평할 것이라는 약속은 없었다. 시를 쓰는 일은 시가 되는 순간은 세상의 모든 진실과 허구가 만나, 이곳에 없는 세상이 탄생하는 때.

이해와 오해 사이

있는 그대로를 쓰는 일과 있는 그대로를 말하지 않는 일 중에 나를 더 닮은 것은 어떤 쪽일까요. 솔직하게 쓰는 전자가 나일 것 같기도 하고, 나만 아는 이야기를 쓰는 후자가 더 나일 것 같기도 합니다. 전자이든 후자이든 우리 세계의 일부분을 옮기는 일이 글인 것은 맞을 겁니다. 산문집을 몇 권 출간해서인지 시 창작 수업이나 행사에서 시와 산문의 차이에 대해 자주 질문을 받습니다. 문학과 비문학의 경계를 또렷하게 말하는 것은 참 어렵습니다.

산문의 언어는 보고 느끼고 생각한 것을 그대로 적어 내려가는 것이라 말할 수 있겠습니다. 산문을 사진으로 비유하고 싶어요. 물체나 풍경을 그대로 찍는 사진. 반면에 시의 언어는 한 걸음 뒤에서 대상을 바라보는 거울과 닮은 것 같고요. 한 번 투과된 후 다르게 해석되는 것이 닮았지요. 그러나 어디까지나 저의 관점입니다. 문학과 비문학은 쓰는 사람에 따라 서로를 넘나들 수 있으니까요. 질문에 수차례 답하면서 느낀 것은 문학이든 비문학이든 우리를 통해 나간다는 것입니다. 우리의 눈으로 즉각 나가든, 투과되어 몇 번을 돌고 나가든 말이죠.

어느 날 본 범죄 프로그램에서 한 사건을 수사한 경찰의 인터뷰가 기억에 남습니다. 한 남자가 사건의 가해자로 지목된 후 수사가 어떻게 진행되었는지에 대한 인터뷰였는데요. 남자는 웹소설 작가였습니다. 경찰은 남자의 주변인들을 탐문하고 마땅한 소득이 없자 그 남자가 썼던 소설들을 모두 읽었다고 했습니다. 이천 쪽이 넘는 소설을 읽으며 이 남자가 폭력성이 있는지, 사건의 용의자가 될 만한 다른 특징은 없는지 샅샅이 살핀 거죠. 경찰의 인터뷰를 듣는데 처음에는 도무지 이해가 되지 않았습니다. 소설의 내용은 얼마든지 작가가 선택할 수 있는 것인데 소설의 내용이 얼마나 현실과 가까운지를 찾아낸다는 게 말이 되나 생각했지요. 이런 논리라면 앞으로 소설을 쓰는 작가들은 일어나지 않은 일까지 염두에 두어야 하니까요.

그 남자는 가해자가 아니었습니다. 혹시 소설에 폭력성이 표현되어 있었다면 그는 더 유력한 용의자가 됐을까요? 그 뒤로도 인터뷰가 종종 생각났습니다. 소설로 작가의 실제 성향을 결론지어버린다는 것은 아직도 납득하기 어렵지만 일부분은 납득이 가기도 했지요. 문학이 작가의 생각과 세계관을 어느 정도 나타낸다는 것은 분명하니까요. 작가의 성향으로 소설을 쓰는지는 모르겠습니다만 작가가 오래 생각하고 고민한 세계를 드러내는 것은 맞을 겁니다. 경찰은 수사의 의무가 있으니 어떤 것에서라도 작은 단서를 찾기 위해 소설까지 봤을 겁니다. 어떤 독자들은 그렇게 생각할 수 있겠구나, 작가가 쓰는 글이 작가의 실제 세계인 것처럼 믿을 수 있겠구나, 생각을 바꿔 하게 되었지요. 글을 쓰는 직업으로 살아간다는 것에 더 큰 책임감이 생겼습니다.

독자들은 문학을 읽으며 작가를 대하며 진실과 허

구를 얼마나 구분 지을지 궁금해집니다. 어떻더라도 좋습니다. 받아들이고 싶은 대로, 상상하고 싶은 대로, 넘나들고 싶은 대로 읽는 것이 독자의 특권이니까요. 진실에 가까워지고 싶어서인지, 허구를 믿고 싶어서인지 모르겠으나 저마다의 모든 이유는 문학을 존재하게 합니다.

시를 쓰는 일은 얼마큼의 진실과 얼마큼의 허구를 담는 일인지 아직 정확히 모르겠습니다. 아마 영영 모를 것도 같습니다. 그렇지만 시가 되는 순간은 세상의 모든 진실과 허구가 만나, 이곳에 없는 세상이 탄생하는 지점이라는 것은 분명합니다.

20

우리는 누군가에게 한 장면이 된다. 한 장면 속에서 시는 누군가의 영원한 그림자를 닮는다. 시를 쓰는 일은 그림자가 그려내는 수많은 몸짓을 따라다니는 일, 새가 날고 멈추는 동작을 반복하더라도 새의 본질은 날개의 꿈이라는 것을 기억하는 일.

한밤의 빛 속으로

　　　　　누구에게나 영원히 잊지 못할 장면이 있습니다. 여행의 끝이었거나 폭설이 지붕을 덮은 장면이거나 통창으로 내려다본 여름 나무의 장면 등. 대개 잊지 않는 장면은 아름답거나 쓸쓸하거나 신선하거나 혹은 마지막일 듯한 것들이지요. 어떤 장면은 누군가의 삶을 함축하기도 해서 오래 한 사람의 시간을 떠나지 않게 해줍니다. 겨울 밤 아빠의 서재에서 흐르던 빛처럼.

　늦은 나이에 공부를 마저 더 하고 싶다던 아빠가 뒤늦게 대학원에 입학하고 박사 논문을 쓰시던 겨울밤. 아빠가 학교에 다녀온다는 말이 참 어색했던 때였습니다. 뒤늦게 이삼십 대들과 대학교에서 공부하며 박사 과정을 들었던 아빠는 젊은 친구들에게 뒤처지지 않기 위해 세 배, 네 배로 공부해야 했을 겁니다. 긴 시간 아빠 방은 밤새 불이 꺼지지 않았지요. 아빠는 밤의 그 분주한 고요함이 간절했을 겁니다. 대기업에서 몇 십 년 근무하면서도 아빠가 잊지 않았을 꿈이었을 테니까. 새벽에 잠시 화장실을 가거나 물을 마시러 거실에 나올 때면 고요한 집에는 아빠 서재의 책 넘기는 소리, 깊은 하품과 기지개를 켜는 소리만 들렸습니다. 가끔은 논문을 읽는 작은 소리도 들렸던 것 같은데 더듬거리다가 멈추다가 했으니 아빠에게 늦은 공부가 쉽진 않았던 것 같습니다.

서재에 수많은 빚이 쌓였을 때쯤 아빠가 박사 학위를 받는다는 전화를 받고 지도 교수님께 감사하다는 말을 반복하시던 기억이 납니다. 당신의 노력이 만든 결과이기도 할 것인데, 아빠는 어쩌면 자신에게 고맙다고 그렇게 몇 번이나 말했는지도 모르겠습니다. 단 하루도 꺼지지 않았던 아빠 서재의 빛. 그것은 제 기억 속 가장 뚜렷한 장면입니다.

아빠는 살아오며 많은 시련이 있었을 겁니다. 내가 아는 몇몇의 시련보다 내가 모르는 큰 시련들이. 아빠의 시련을 알아챘을 때마다 겨울밤 그때의 빛이 떠올랐습니다. 아빠는 가족이 모르는 어떤 시간을 저렇게 혼자만의 빛에 기대어 이겨냈을 것이며 나지막하게 다짐을 읽어가며 넘어지지 않기로 했겠지요. 아빠의 단단한 그 빛 덕에 성인이 된 지금도 아빠의 지친 모습을 보면 빛이 아빠를 일으켜줄 것임을 믿게 됩니다. 믿고 싶은 것일 수도요. 어떤 장면은 한 사람의 삶을 축약해놓은 것 같아 수천 개의 새로운 장면 뒤에 늘 함께하는 것 같습니다.

아빠를 생각하면 많은 장면이 있습니다. 퇴근길에 붕어빵이 식을까 봐 점퍼 안에 넣어 들어오던 모습, 무엇이 그렇게 힘겨웠는지 술에 취해 구슬프게 노래를 부르던 모습, 딸 대학교 기숙사에 짐을 넣어주며 눈물을 훔치던 모습까지. 아빠는 매일 같지만 다른 모습을 보여주었을 텐데, 아쉽게도 장면의 수는 그 모든 시간을 따라가기엔 역부족입니다. 그래도 아빠 서재의 그 빛이 시간을 계속 따라와주어 다행이고요.

우리는 누군가에게 한 장면일지도 모르겠습니다. 다

정한 장면이면 좋겠지만 슬픈 장면일 수도 고통스러운 장면일 수도 있고요. 시는 누군가의 영원한 그림자와 닮았습니다. 그가 그려내는 수많은 몸짓을 따라다니는 그림자. 그가 살아내는 모든 장면 위에 얹어지는 그림자. 시를 쓰는 일은 대상의 본질을 잊지 않을 때 시작됩니다. 시를 쓰는 일은 대상이 계속 변하더라도 그 움직임이 본질에서 시작되었다는 것을 깨닫는 순간이고요.

슬픔을 덧댈수록 슬퍼지지 않는다는 말

이것은 어쩌면 아주 흔한 이야기

덧댄 마음들에 모든 슬픔이 달아날 때

누군가 의자에 앉아 슬픔에 두께를 둔다

21

시는 예고된 마음을 안고 살아내는 마음. 오래전 흘린 눈물은 시간을 타고 돌아 고통이 아닌 이름으로 온다. 고통이 아닌 이름의 모든 고통으로. 고통의 모든 이름을 불러보다가 문득 언젠가 한 번 만난 것 같은 고통을 마주할 때, 그때가 시를 쓰는 순간이다.

눈물의 두 이름

마음을 주는 일에 대해 생각합니다. 오랜 시간을 들여야 보일 줄로만 알았는데 어떤 마음은 가끔 불현듯 다가와 자리를 틉니다. 마음이 튼 자리는 마음을 틀 새로운 자리를 만듭니다.

순천에 사시는 시인 K 선생님은 계절마다 문자메시지로 작은 그림과 시를 보내주십니다. 아침 산책 후 지금 막 그렸다는 말씀과 함께 정겨운 손 그림, 귀여운 자필 시, 이 세 가지는 계절 인사 같습니다. 어느 날은 보내주신 그림이 너무 귀여워 지인에게 보내도 되는지 여쭈었더니 절대 안 된다며 저 혼자 보라고 하시더군요. 그림도 시도 아직 미발표작이니 발표하기 전까지. 이런 비밀스러운 선물이라니, 그 뒤로 더 아끼며 소중히 보게 되었습니다. 선생님이 독자들에게 보내기 전 조금 일찍 전해주시는 안부 같아서 너무 특별했거든요.

　선생님은 그림과 시를 보내주실 때마다 시를 쓰는 일에 대해 말씀을 덧붙이십니다. 다정한 그림과 정겨운 짧은 시에 젖어들 때쯤, 묵직한 한 마디가 이어지곤 하지요. "좋은 시는 정형이 있는 게 아니에요. 그냥 좋은 시일 뿐이지요. 그래도 누가 내게 어떤 시가 좋은 시인지 물으면 나는 울면서 쓴 시라고 말해요. 눈물에는 두 종류가 있지요. 고통의 눈물과 기쁨의 눈물. 쓰면서 눈물을 흘린다면 그 시는 가짜가 아니에요. 자신이 눈물을 흘리며 쓸 때 독자도 눈물을 흘리게 되거든요. 고통의 강을 건너면 진짜 기쁨이 찾아오는 법이니까." 시인으로서의 사십 년 삶이 녹아 있는 묵직하면서도 가든한 조언을 듣고는 선생님이 보내주신 그림과 시를 다시 들여다봅니다.

　이토록 정겹고 안온한 그림과 시는 쉽게 쓰여진 것이 아니라 눈물로 쓴 시라는 걸 알게 되지요. 투박할 만큼 소박하고, 나른할 만큼 느린 박자의 그림과 시. 모두에게 온기를 주는 시는 결코 온기로 쓴 시가 아니라는 것을 압니다. 선생님 말씀처럼 수많은 고통의 눈물과 기쁨의 눈물이 모여 쓰인 세월이 지날수록 고통을 거둬낸 것처럼 산뜻한 시가 된다는 것을. 선생님이 흘리셨을 눈물을 온기로 이어받고 살아갑니다. 독자로서 읽고 후배로서 쓰면서요.

선생님의 그림과 시에 담긴 눈물을 닦고 나니 선생님의 마음이 보입니다. 까마득한 후배를 위해 계절마다 보내주시는 시와 그림에 담긴 마음을, 게다가 미발표작을 받는 것은 아주 비밀스러운 첫 일기를 보는 기분까지 듭니다. 선생님의 비밀 일기를 받을 때면 마음이 숙연해집니다. 학교 교과서에서 선생님의 시를 처음 읽었기에 꿈속 시인 같은 선생님과 안부를 나눈다는 것이 꿈처럼 느껴지기도 하고요.

선생님이 이토록 까마득한 후배에게, 선생님의 삶을 절반만 살아온 젊은 시인에게 마음을 주시는 의미에 대해 생각해봅니다. 선생님께는 아침 산책 같은 일이 아닐까 싶습니다. 아침마다 옥천강을 산책하시며 매일 한 편씩 그림과 시를 그리고 쓴다는 선생님은 오늘도 아침 산책처럼 매일 후배들을 응원하실 테니까요. 선생님은 끊임없이 후배들을 위한 정원을 가꾸실 겁니다. 선생님이 사십 년 넘게 시를 써주셔서, 시를 쓰고자 하는 젊은 시인을 마음으로 품어주셔서, 우리 젊은 시인들은 한국 문단이라는 넓은 정원에서 뛰놉니다. 선생님들이 쏟으신 눈물들을, 그 눈물로 쓰신 시들을 존경하고 아끼며 오래 잊지 않는 것이 우리의 보답이겠습니다.

이것이 시 아닐까요. 선생님이 아직 삶을 잘 모르는 어린 저에게 계절마다 비밀 일기를 보내주시는 마음이. 앞으로 흘릴 눈물은 수억 방울일 것이며 앞으로 만날 고통은 수억 겹의 순간임을 전혀 슬프지 않게 예고하는 마음이. 시를 쓰는 순간은 이 예고된 마음을 가지고 살아낼 때 시작될 겁니다. 선생님 말씀처럼 조금 더 일찍 흘린 눈물은 시간을 타고 돌아 지금 고통이 아닌 이름으로 와 있음을 믿으면서 시작됩니다.

22

빈 자리들이 쌓여간다. 우리는 너무 오래 기다렸거나 어쩌면 기다

리지 않아도 되는 순간을 기록하겠지. 시를 쓰는 순간에 빈 자리

를 기록하면 채우지 못한 이야기들이 저 멀리 안부로 전해질 수도

있다는 믿음으로.

빈 자리의 자리로

시를 습작하면서부터 지금까지 오랜 습관은 머릿속에서 장면을 만드는 일입니다. 시를 쓰는 순간은 이렇게 시작되곤 하지요. 겪었거나 겪지 않을 어떤 순간을 장면으로 만들기 시작하는 겁니다. 모든 것이 나의 경험, 가정에서 시작되는 영화이지요. 언젠가 다시 그 순간이 오면 잘 맞이하고 싶다는 일종의 다짐 같은 것인지도 모르겠습니다.

한 장면은 이렇습니다. 공원에 벤치를 하나 세웁니다. 그리고 노인과 어린아이를 벤치에 앉히지요. 노인은 나무를 보며 지나가는 삶을 이야기하고 아이는 나무 위를 떠다니는 풍선을 보고 있습니다. 당연히 둘은 전혀 대화가 되지 않습니다. 각자의 삶 안에서 충실히 바라봅니다. 장면에 소나기를 조금 뿌려봅니다. 노인은 우산이 없어 그 자리에서 비를 맞고 있고 아이는 신나서 비를 맞으며 손바닥에 떨어지는 물방울을 바라봅니다. 이 장면의 제목은 '최선의 노력'입니다. 모래시계를 몇 번 뒤집어 계절도 바꿔보며 장면을 하나씩 만들어 갑니다.

또 다른 장면입니다. 오르막길을 몇 번은 넘어야 할 곳에 서점 하나를 세웁니다. 그다음은 손님을 한 명씩 배치하지요. 큰 가방에 화분을 들고 온 손님, 공책 수십 권을 배달하는 택배 기사를 서점으로 들여보냅니다. 그들이 들고 온 진심의 무게를 아는 듯, 서점 주인은 책을 건네지요. 그 책에는 빈 얼굴만 가득하고 표정이 없습니다. 손님과 택배 기사는 표정을 그려 넣고는 다시 가파른 언덕을 내려갑니다. 아주 행복한 미소를 지으며 내려갑니다. 마치 사랑의 표정을 찾았다는 듯이. 이 장면의 제목은 '언덕의 눈빛'입니다.

이렇게 장면이 완성되면 시를 쓰기도 하고, 때로는 쓰지 못하기도 합니다. 장면에 누군가 더 와야 할 것 같으면 기다립니다. 어떤 시는 그렇게 늦은 마중으로 쓰게 되거든요.

장면을 그리는 습관을 가지게 된 이유를 생각해보니 사랑하는 이의 죽음이었습니다. 그리울 때마다 그때를 다시 가져와 마치 존재하는 듯 만들었던 거죠. 그때는 그때일 수 없는데 말입니다. 그렇지만 몇 해 지나보니 새로 태어난 장면들이 있어서 그냥 믿게 되는 존재들도 있습니다. 마치 살아 있는 것처럼, 마치 돌아올 것처럼 말이지요.

우리는 누구나 퍼즐 조각을 잃어버린 채 살아갑니다. 오래전 맞춰져야 했던 한 조각일 수도 있고, 미래를 위해 남겨둔 한 조각일 수도 있겠습니다. 그것을 우리는 그리움이라고 하거나 기다림이라는 감정으로 느끼고요. 이 공허한 감정들을 안고 살아가는 것이 삶 아니겠어요.

우리가 애타게 찾고 기다려온 퍼즐 조각은 어쩌면 영원히 찾을 수 없을지 모릅니다. 시를 쓰는 순간은 우리가 퍼즐 조각을 하나 만들어 빈 자리 어디든 놓아두면서 열립니다. 그 순간 장면 하나가 생기는 거고요. 그

렇게 아주 오랜 시간 기다려왔거나, 기다려야 할 한 장
면이 시작되면서 시가 될 겁니다.

두 개의 바다가 마음을 갖는 것은

어쩌면 매일 같은 색으로 사는 일

온도만으로 살아가는 것이 파도의 일이라고 했지

매일 바다에 그림을 그린다는 노인의 꿈은

바다에 화분을 심는 것이고

우리는 더 힘껏 바다가 되는 노래를 불렀다

23

시를 쓰는 일은 세상에 없는 이에게 편지를 쓰고 세상에 없는 이

에게 답장을 받는 일. 입안에서 수백 번의 첫눈과 수만 송이 꽃을

피우는 일. 그리하여 시는 영원히 나타나지 않을 것 같은 현실을

나 혼자 미리 살아보는 일.

외로움을 기꺼이 택한 이들에게

                    "이 외로운 일을 왜 하고 싶나요?" 수업을 할 때 수강생들에게 자주 묻는 말입니다. 수강생들은 멋쩍은 미소를 지으며 눈빛으로 답합니다. 저마다 시로 할 말이 있다는 걸 느낍니다. 답할 수 없다는 것을 이미 압니다. 누가 저에게 왜 그렇게 시를 쓰고 싶으냐고 물으면 저도 대답을 망설일 것 같거든요. 그런데 이렇게 입 밖으로 나오지 않는 이야기들이 있어 우리는 시를 읽고 또 쓰는 것 아닐까 싶습니다. 입안에서만 맴돌다 끝내 나오지 않는 전설 같은 이야기들.

첫 시집을 내고 친한 시인들에게 보낼 준비를 하던 중, 소설가 C 선생님이 스쳐 갔습니다. 시인들은 대개 시인들과 시집을 주고받으니 선생님이 어떻게 받아들일지 몰라 망설였지요. 그렇지만 제가 정말 아끼는 소설을 쓴 그분께 마음을 꼭 표현하고 싶었습니다. 외로운 밤에 꼭 찾게 되는 소설이었지요. 그래서 살짝 메시지를 보냈습니다. 그때는 시인보다는 소설의 독자로서 전하고 싶은 마음이 컸지요.

"등단 십 년 차에 묶은 첫 시집의 의미는 어떤 것일까요. 얼마나 소중하고 얼마나 귀할까요. 글을 쓰는 일은 결국 골방에서 혼자 하는 일이어서 누구나 외로울 수밖에 없는데, 그 외로운 사람이 나 하나는 아니라는 생각이 들면 또 어찌 견뎌지고요. 그 무수한 밤이 또 얼마나 소중했나 싶기도 하고요. 그 시간이 없었으면 우린 이렇게 다정한 메일을 주고받지 못했을 거라 생각해요. 그러니 얼마나 감사한 일인지 모르겠습니다. 우리의 외로움이 지금 우리를 손잡게 했으니 말이죠."

소설가 C 선생님이 보내준 답장입니다. 이 몇 줄 안에 소설이 있고 시가 있더군요. 우리의 외로움이 문학을 하게 하는구나, 선생님은 소설 밖에서도 소설을 이야기하셨죠. 그러게요, 소설이나 시나 참 외로운 일입니다. 소설가 C 선생님 말씀처럼 모두 각자 골방에 앉아 무슨 이야기를 그렇게 하고 싶은 걸까요. 그렇지만 하지 않는 것보다 하는 편이 나은 이 개운함은 또 어떻게 설명해야 할까요. 저도 아직 명확하게 설명할 수는 없습니다. 등단한 지 십사 년이 넘어가는데 아직도 시를 쓰는 이유에 대해서는 속 시원하게 이야기하지 못하겠어요. 그렇지만 그 골방에서의 시간이 나를 덜 외롭게 하는 건 확실한 것 같습니다. 선생님의 골방은 수천 명의 주인공이 다녀갔을 겁니다. 수천 명의 주인공만큼 수억 개의 계절도 다녀갔겠지요. 그렇게 탄생한 선생님의 소설들. 그리고 그렇게 탄생할 수많은 동료들의 시와 소설들이 있을 겁니다.

시를 쓰는 순간은 대개 외롭습니다. 그러나 이 세계에서 나의 주인공들과 외로움을 나눌 수 있다면 마냥 외롭지만은 않을 겁니다. 그 누구도 위로해줄 수 없는 따뜻한 손을, 시의 세계 주인공들은 내밀어주니까요. 그렇게 우리는 입 밖으로 꺼낼 수 없는 수많은 주인공과 살아갈 수 있습니다. 그들이 지켜준다고 생각하면 꽤 든든한 외로움입니다. 시를 쓰는 순간은 나만 아는 주인공들과 외로움을 주고받으면서 시작됩니다. 그리하여 시를 쓰는 것은 보이지 않는 따뜻한 손들을 잡고 가는 여정이고요.

24

시를 쓰던 손이 하나에서 둘이 되고 또 넷이 되어 큰 동그라미를 그린다. 그럼 우리는 최소한의 거리에서 서로를 안다고 해도 될까. 시를 쓰는 일은 손이 그린 큰 동그라미 안에서 우리를 우리로서 오해하고 싶은 것.

멀고도 가까운 응원

저 멀리서 보내 온 안부가 삶을 지켜줄 때가 있습니다. 과거의 책이나 현재의 편지나 미래의 답장이 그럴 수 있을 겁니다. 아주 가깝다고는 할 수 없지만 그렇다고 사랑과 응원이 부족하지는 않고, 그래서 지내온 시간보다 깊은 우정을 가진 그런 사이. 제게는 시를 쓰며 돈독해진 우정들이 그렇습니다.

대학교를 다닐 때 같은 과 동기들은 대부분 방송사 취업을 준비하고 있었습니다. 중학생 때부터 원했던 전공이었기에 수업은 즐겁게 빠짐없이 잘 들었던 것 같습니다. 기숙사 생활을 했던 저는 친구들이 모두 집으로 돌아가면 오후부터 줄곧 학교 도서관에 앉아 시집을 실컷 읽었습니다. 문학은 같은 과 동기들에게는 큰 관심사가 아니었기에 혼자 읽고 쓰고 사 년을 보냈지요.

전공을 살려 자연스럽게 방송국에서 직장 생활을 시작한 저는 여전히 혼자 시집을 읽고 시를 썼습니다. 문예창작학를 전공했다면 함께 습작을 하고 합평을 하며 동인 활동을 했을 텐데, 저에게는 그런 기회가 전혀 없었습니다.

그래서 등단 후 문단 모임에 가면 얼떨떨한 마음 반, 외로움 반이었던 것 같습니다. 어린 나이에 등단한 편이라 도서관에서 시집으로만 읽던 선배님들을 만날 때면 이게 꿈인가 싶기도 했죠. 꿈속을 거니는 듯하다가도 술자리에서 어느 학교 무슨 동인이다, 이런 소개를 들을 때면 입을 다물었습니다. 그렇게 저는 조용히 동인을 만들기 시작했는데요. 이메일로 이어진 동인입니다. 너무 좋아하고 존경해서 이 마음을 꼭 전하고 싶은 선배님들에게 무작정 메일을 보내기 시작했지요. 그때는 외로움 반, 후배로서 인사를 할 수 있는 권한이 생겼다는 자신감 반이었던 것 같습니다. 답장을 받을 거라고는 기대도 안 했지요. 등단한 지 일이 년밖에 되지 않은 신인이니 반갑다는 한 줄 정도면 벅찰 것 같다는 기대는 조금 했습니다.

그런데 답장이 하나둘 도착하는 겁니다. 아니 이럴수가. 그것도 매우 다정하고 포근한 답장들이 말입니다. 등단작 잘 읽었다, 신작 시 잘 보고 있다, 오래 응원하겠다 등등. 등단작 중 한 시를 읊어주시는 선배도 있었지요. 그 후 염치없는 후배는 아주 자주, 외롭거나 막막한 순간이 오면 넋두리 메일을 보내곤 했습니다. 벌써 십 년입니다. 수없는 메일이 오고 가며 쌓아온 돈독한 우정들이.

우정을 쌓는 일은 시를 읽어주는 일이면 충분했습니다. 서로의 신작 시를 읽었다는 안부, 새 시집을 보내주는 마음, 밤새 새 시집을 읽고 고마움을 전하는 마음으로 이어져왔습니다. 서로 삶은 평탄한지, 묻지 않아도 시에서 그 시간을 볼 수 있었습니다. 문학 전공도 아니고 동인도 없어 외롭고 불안했던 신인 시절을 생각하면 지금은 제게 과분합니다. 첫 시집을 선물할 수많은 선배가 있고, 첫 시집을 잘 읽었다고 전화해주는 선배가 있고, 다음 시집에서 더 멋진 후배가 되고 싶은 제가 있으니까요.

　시를 쓰고 싶어서, 시를 좋아해서 수업을 들으러 오는 수강생들을 만날 때면 어디에서 만난 것만 같은 친밀감이 듭니다. 그 친밀감의 이유는 아마 우리가 시를 사랑한다는 사실 하나일 겁니다. 등단을 준비하거나 시를 혼자 쓰는 친구들에게 메일을 많이 받곤 합니다. 그때마다 저는 정성스럽게 답장을 합니다. 신인 시절 내가 수많은 선배에게 응원과 사랑을 받았듯이, 저 또한 미래의 후배들에게 조금 일찍 우정을 보내고 싶거든요. 시인이라는 동료애만큼 시를 사랑하는 마음이면 이미 충분하니까요.

　시를 쓰는 순간은 나의 시가 우리의 시로, 우리의 시가 우주의 시가 된다는 믿음으로 시작됩니다.

돌아보지 않는 시간을 나누어주고 싶은 계절에
사랑하는 이들이 모여 짧은 마음을 나누어주었다

다정한 마음들 사이에 고단한 마음 하나가 있었다
마음을 주다가 마음의 자리에 대해 생각했다

25

시는 아주 오래된 노래를 잊은 것처럼 외워 부르는 일. 시를 쓰는 일은 흔한 마음들이 낡은 것이라 말하는 새것에게 흔한 마음만큼 두꺼운 겹은 없다고 말하는 것. 우리는 안다. 낡은 아름다움이 어떻게 탄생하는지.

낡은 전설의 탄생

시집에는 독자가 필요합니다. 시집이 점점 소수의 향유가 되어서는 안 된다 생각하고요. 여러 강의에 가서 수강생에게 꼭 받는 질문이 있습니다. "요즘 시집들 왜 이렇게 어려워요?" 저는 분명한 대답을 하지는 못합니다. 아마 대부분의 시인이 그럴 것이고, 저 또한 시의 경향에 대한 이야기 정도로 답합니다. 그런 질문을 받고 집으로 돌아오는 길이면 '그럼 독자들은 어떻게 읽고 있나' 생각해보게 됩니다. 시를 전문적으로 쓰지 않는 독자들은 시의 변화, 자유, 형식 등에 대한 특성을 잘 모르기에 '어렵다'는 단어로 주로 표현합니다.

요즘 시들이 너무 어렵다는 질문이 언제부터인가 '젊은 시인의 역할'로 다가오는데요. 아마 제가 시를 쓰며 오랫동안 고민한 부분이기 때문일 겁니다. 독자들이 어렵다고 느끼는 이유는 시라는 장르가 가질 수 있는 최대한의 허용 때문이리라 짐작합니다. 허용이라고 표현하고 싶은 이유는 시라는 장르라서 가능한 특성이기 때문이지요. 그 허용이 독자들에게는 간극이 되겠습니다. 소설, 산문에는 없는 문장들이 시에는 많습니다. 그것이 어쩌면 시의 아름다움이 아닐까요.

등단하고 지금까지 이 허용 안으로 독자를 끌어오고자 고민했던 것 같습니다. 첫 시집을 쓰는 내내, 그리고 첫 시집을 펴내고 지금까지도 그런 중심을 잡기 위한 고민을 많이 하는데요. 한창 고민하던 때 시인 L 선생님과 이야기를 나눈 적이 있습니다. 선생님은 말씀하셨죠. "정통이라는 것 역시 주변이 있어서 가능한 개념이긴 하지만 그럼에도 가장 본질적인 것에 대해 너무 쉽게 평가하고 낡은 것처럼 바라보는 태도는 옳다고 생각하진 않아요." 그리고 저의 길을 그대로 가라고 하셨습니다.

어려운 시의 반대말은 쉬운 시가 아니라 '읽게 되는

시'가 아닐까요. 고민하던 오랜 밤들을 지나 굳혀가는 생각입니다. 독자가 읽고 느낀 후에 채울 빈 공간을 두는 시, 제가 생각하는 어렵지 않은 시는 이렇습니다. 시의 형식이 많이 변화했습니다. 그것을 문단에서는 미래파, 실험시라고 표현했었죠. 저는 문단을 바꿀 욕심은 조금도 없습니다. 읽고 싶은 시를 쓰고 싶을 뿐.

저에게는 고집 하나가 있습니다. 정통에 대한 고집이라고 할 수 있겠습니다. 시의 형식과 표현이 자유로워지면서 젊은 시인들의 시는 신선함을 줍니다. 신선함을 넘어 파격적인 시들도 있고요. 우리가 그간 읽어온 시들과 전혀 다른 시들이 등장했죠. 등단 직후 신인 때는 조금 더 특별한 게 없을까 고민했는데 그것도 길게 가진 않았습니다. 가장 나다운 시를 쓰는 게 맞으니까요. 정통이라고 하면 형식, 주제를 생각하기 쉬운데 제가 고집하는 정통은 이야기입니다. 우리가 한 번쯤 혹은 너무나 자주 겪었을 이야기, 너무 보편적이어서 쓸모를 가지는 이야기가 제가 정의하는 정통입니다. 오래전부터 지금까지 이어져오는 것이 전통이라면, 삶에서 수백 년, 수천 년이 지나도 이어져오는 인간의 감정이 있으니까요. 그런 정통을 고집합니다. 정통을 고집한다는 것은 파격적인 이야기를 내세우는 시류에 반하는 일이 될 수 있습니다. 서로가 더 파격적이고 신선한 시를 쓰려는 시류에서요. 그러나 그 또한 저만의 색이라 믿으며 씁니다.

미국 시인 빌리 콜린스의 말을 빌립니다. "우리에게 말을 거는 시와 문학적 실험을 시도하는 시가 있다." 문학에 수많은 실험, 시도, 자유가 있습니다. 오늘도 어려운 시와 쉬운 시 둘 중 어느 것도 아닌, 읽게 되는 시를 쓰는 것. 그것이 제게는 실험이고 시도일 겁니다. 저에게 시를 쓰는 순간은 세상에 말을 걸고 싶을 때 시작되니까요.

26

시는 긴 시간을 지나 닿는 진심. 그 진심은 묵묵히 쓰는 마음을 쓸

모 있게 하는 일이라서 나의 세계가 누군가의 세계에 닿을 수 있

도록 노력하게 된다. 그리하여 시는 나의 세계에서 자라난 눅진한

손을 뻗어 우리의 심장에 닿는 일.

심장을 갖다 댄 자리

누구나 낡은 서랍을 여는 날이 있을 겁니다. 아끼는 것들을 꼭꼭 모아둔 서랍. 그 서랍은 마음속에 있어서, 낡아도 사라지지 않지요. 서랍에 넣어두는 것이 무엇이 되었든 그것을 꺼내 보는 날은 어떤 용기나 다짐이 필요한 날이거나 어떤 사랑이나 믿음을 얻고 싶은 날이 아닐까 싶습니다. 시를 쓰는 시간은 꽤 고단하고 외롭습니다. 소설가든 시인이든 독자들에게 나의 세계를 발표하며 살아가는 사람들이라 겉으로는 인정받는 사람들로 보이겠지만, 그 인정은 숱한 고독과 외로움을 이겨내야 찾아오거든요. 십 년 넘게 시인으로 살고 있는데 매해 이 고독은 햇수와 비례해 깊어갑니다. 그땐 낡은 서랍을 엽니다.

"제야의 시는 오직 제야의 것이고 독자와 나누면서

성장해가는 것이야. 독자와 함께 어떤 시절을 살아낼 것인가가 그 무엇보다 중요하지. 문단보다 중요하고 생생한 것이 내 시집을 읽고 감응하는 독자들의 심장이니까. 제야만의 빛깔로 충만하게. 길게 보고 천천히 여유롭게."

시인 K 선생님이 보내주신 편지입니다. 첫 시집을 낸 직후 기대감만큼이나 불안감으로 가득했을 때 이 편지를 받고 엉엉 울었던 기억이 납니다. 몇 권의 시집과 많은 문학상을 거머쥐셨던 선생님이 먼 길을 걸어와 알려주고 싶으셨던 것은 오로지 하나, 독자였습니다. 덕분에 저는 일찍 이 귀한 것을 알게 되었지요. 독자와 함께 살아낼 시절과 그들의 심장, 이 두 가지가 오늘도 저의 불안함을 잠재웁니다.

선생님의 편지는 또 이어집니다. "나는 독자들의 사연이나 이야기에 귀를 많이 기울여. 내가 시를 쓰는 이유는 사람을 사랑하기 위한 것이기도 하니까. 문단의 평가에 일희일비하느라 정작 시는 못 쓰는 시인들이 많잖아. 내게 중요한 건 내 삶이고, 내 삶을 풍성하게 하는 데 문학은 중요하고 아름다운 무기. 이 아름다운 무기가 동시대 사람들의 삶에 좋은 영향을 미치기를 소망하고." 이 얼마나 아름다운 문학의 쓸모인지요. 내 삶을 풍성하게 하는 것, 이 풍성함이 다른 이를 또 풍성하게 한다는 것이. 길을 지나다 한 번쯤 멈춰서 노모의 표정을 읽어야겠다고, 한낮의 열기보다 한밤의 외로움의 사연을 더 듣는 사람이 되어야겠다고 다짐합니다.

서랍을 닫고는 독자를 생각합니다. 문단 밖에서 시를 읽고 끌어안고 사랑해주는 사람들, 시를 시 자체로 대하고 반응하는 순수한 시선들을. 하나였던 내 손은 두 개가 되고 그 손들이 둥글게 큰 원을 그려 내일이 될 겁니다. 거대한 심장을 관통하고 싶은 욕심보다 아주 보통의 수많은 심장을 관통하고 싶습니다. 그 어떤 운도 문단도 아닌, 독자만이 나의 유일한 두려움과 경외감이기를 소망하면서요.

시를 쓰는 일은 뜨거운 심장에 다가가는 가장 조심스러운 길입니다. 내가 누군가에게 작은 의미가 될 수 있을지도 모른다는 작은 별의 음성이고요. 다음에 낡은 서랍을 여는 날에는 조금 더 단단한 우리가 되어 있기를 바랍니다. 이 단단함이 강해지는 것이 아니라 귀한 것들을 잊지 않는 마음이란 것을 알았을 때, 시를 쓰는 순간은 시작됩니다.

오늘이 내일이 깊어진다는 나무의 암호를 들으며

언덕을 내려왔다

아직도 익숙하지 못한 흐름들이 애쓰는 일을 만들지

함께 걸어가는 사람에게 한때 꽃을 심었던 날들에게

가장 가까이서 작은 위로도 건넬 수 없던 우리가 있었다. 한 손으로 모자란 흰 눈을 잡는 것처럼. 한 사람의 시가 저 먼 곳의 속사정에 닿는다면 가장 멋진 위로가 될지도 모르겠다. 잘 쓰는 것보다 누군가를 위로한다면 좋겠다. 시를 쓰는 일은 만난 적 없고 만날 수 없는, 아주 먼 곳의 우리가 만나 나누는 위로.

위로하지 않는 선에서

위로, 그 얼마나 흔한 단어인가요. 자주 건네고 받는 단어입니다. 내 이야기에 공감을 잘해주는 것 같아, 큰 힘이 되었어, 이런 말들을 지인에게 많이 들으면서 위로를 좀 한다고 생각했습니다. 안타까워하는 마음과 아끼는 마음, 걱정하는 마음과 기도하는 마음이 뭉치면 위로가 된다고 믿었으니까요. 순탄하다면 순탄한 이십 대를 보내면서 이렇게 위로는 잘 건네지는 것 같았습니다.

몇 해 전 공황장애를 겪으며 힘들어하는 후배를 며칠 울며 위로했습니다. 사람에 다친 사람에게 사람이 힘이 될 수 있을까, 라는 작은 희망으로. 말 하나하나 건네기가 조심스러웠지만 밤을 새우며 새벽 내내 통화하고 괜찮을 거라는 진부한 이야기들을 잔뜩 했지요.

당사자는 덤덤하게 이야기하는데 왜 나는 계속 눈물이 나는지, 나는 고통을 함께 잘 느끼고 있다고 믿었습니다. 꺼이꺼이 우는 내게 돌아온 말.

"언니가 이것을 이해할 수 있을까? 알 수 있는 마음일까?"

이 한마디가 머리를 크게 한 대 쳤습니다. 머리를 깨우고 눈물을 닦아보니 눈물이 멈춰지더군요. 아, 내 눈물은 뭐였던 거지, 이렇게 금방 그쳐진다니. 한 사람이 힘들어하는 그 마음에 대해 아파하는 눈물이었을 뿐, 그 마음의 아픔에 공감하고 위로하는 눈물이 아니었던 겁니다. 그 밤이 지난 후 위로에 겸손해진 것 같습니다. 지금까지 내가 누군가를 위해 건넨 위로는 위로가 아니었을 수 있는 겁니다.

한 살, 두 살, 나이를 먹어가며 우리가 감당해야 할 일은 무거워지고 쌓여갑니다. 분명히 위로를 많이 하며 살아왔는데 어느 순간 어떤 말로도 위로할 수 없는 일들을 겪게 되지요. 어쩌면 위로해야 할 일들은 이미 위로가 되지 않을 아픔일지도 모르겠습니다. 생각해보면 나 또한 누구에게도 말하고 싶지 않은 속사정은 일기장에 적었습니다. 그렇다면 누군가 나에게 털어놓는 속사정 또한 적당한 선에서 걸러지거나 생략된 이야기들일 수 있겠다는 생각이 듭니다.

끈끈한 사이라면 위로가 우정의 조건이자 권리라고 생각해온 저를 반성했습니다. 우리는 그저 각자의 인생을 살아갈 뿐일지 모릅니다. 누구도 위로할 수 없고 누구에게도 위로받지 못하는 순간이 분명 있겠습니다. 이 말이 조금 외롭고 냉정하게 들릴지 모르지만 바꾸어 생각해보면 아무도 나를 위로해주지 못한다고 외로워했던 밤이 오히려 위로됩니다. 나만이 아니라 모두의 밤이 그럴 테니까요.

어렸을 때 일기를 쓰는 마음으로, 이제는 시의 언어를 빌려 속사정을 적어둡니다. 시를 쓰면서 우리는 서로 완벽하게 위로할 수도 위로받을 수도 없다는 생각을 많이 하고요. 그리고 글을 발표하는 직업이니 이 시를 독자에게 들켜 시로 위로가 되었으면 하는 바람입니다. 섣불리 위로를 건네지 않는 대신, 한 사람의 시가 저 멀리서 비슷한 속사정으로 살아가는 이에게 닿는다면 가장 멋진 위로라고 믿으면서요. 잘 쓰는 것보다 누군가를 위로한다면 좋겠습니다.

시를 쓰는 일은 만난 적 없고 만날 수 없는, 아주 먼 곳의 우리가 만나 나누는 위로입니다. 그 위로가 점점 커져 먼 공간에 닿아 자리를 트는 기적이 일어날 때, 시를 쓰는 순간이 시작됩니다.

28

시는 낯선 사람의 소식을 받을 때 시작되는 이야기. 서툰 우리가

서로를 비껴갈 때 시를 쓰는 일은 낯선 이의 낯설지 않은 이야기를

듣는 일이다. 가장 서툰 우리로부터 시작되는 익숙한 모든 이야기를.

낯선 이에게서 온 답장

        이미 도착했던 것 같은 안부가 있습니다. 어쩌면 우리에게 오기 전에, 오래전부터 들려주던 이야기 같은 마음이. 낯선 이가 보내주는 오래된 노래 같은 안부는 우리는 우리를 지켜보고 있음을 말해주는 것 같지요. 우리를 지켜주는 우리가 될 준비를 하고 있었다는 듯이.

    주로 글 작업을 하는 책상 벽면에는 편지 몇 개가 붙어 있습니다. 시인 선생님 몇 분이 보내주신 편지들입니다. 편지의 모양은 모두 다르지만 너무 귀해서 도착한 시간 그대로를 오래 기억하고 싶습니다. 어떤 편지는 도착했다는 느낌보다 긴 시간을 통과해 온 느낌입니다.

    시집을 내고 가까운 시인들에게 시집을 보내면서 한

번도 뵙지 못했던 선생님 몇 분께도 시집을 보냈습니다. 주로 대학생 때 닳도록 읽었던 시집이나 자주 꺼내 보는 시집을 쓰신 선생님들이었지요. 연락도 나눈 적 없지만 선생님들이 가꾸어오신 문학의 정원을 후배들이 감사히 거닐고 있다는 마음을 전하고 싶었던 것 같습니다. 그리고 선생님의 시집이 어떤 이의 오랜 밤을 지켜주었다는 마음도요.

시집을 보내고 한두 달 뒤쯤, 우편함에서 큰 우편 봉투를 하나 발견했습니다. 시집을 읽으신 시인 L 선생님이 공주에서 보내주신 편지였습니다. 그런데 이럴 수가, 우편 봉투 한 면에는 제 시가 한가득 채워져 있었지요. 제 시집에서 읽은 시 중 하나를 골라 손 글씨로 쓰신 봉투를 보는 순간, 눈물이 왈칵 쏟아질 것 같았습니다. 뭔가 심장 주변이 뜨거워지는 느낌, 정말 오랜만에 느꼈습니다. 첫 시집을 펴낸 후배에게 어쩜 이토록 다정한 응원을 보내주실 수 있는지. 공주에서 서울까지 오느라 이미 낡기 시작한 우편 봉투지만 지금도 벽에 붙여두고 자주 바라봅니다. 선생님이 골라주신 그 시는 이미 오래전에 후배에게 해주고 싶으신 말이었을까요.

그 후 얼마 지나지 않아 우편함에 작은 엽서가 도착했습니다. 부산에서 서점을 운영하시는 시인 K 선생님의 편지였는데요. 시집을 잘 읽었다며 엽서에 시 한 편을 적어 보내주셨습니다. 손바닥만 한 작은 엽서에 아주 작은 글씨로 빼곡히 적어주신 시를 보고 있으니 이것이 사랑의 얼굴이겠다, 싶었습니다. 만난 적 없는 후배를 위해 기꺼이 후배의 시 한 편을 써 내려가는 마음, 그리고 이미 만난 것처럼 생소한 인사가 생략된 엽서에는 격려와 안부만이 가득했습니다.

편지를 받은 밤에는 두 선생님이 시를 적어주신 이유에 대해 생각해봤습니다. 공교롭게 두 선생님이 똑같이 시를 적어주신 게 신기했거든요. 우연이라고 하기에는 그 마음이 너무 닮아 있고 너무 다정해서 까마득한 후배는 자꾸만 그 이유를 찾고 싶었나 봅니다. 그 마음에 뭐 분명한 이유가 있겠어요, 내가 이렇게 마음을 다해 너의 시를 읽었다는 뜨거운 답장이 아니었을까요.

두 분의 손 글씨에는 얼굴이 있어서 두 분이 저를 보며 웃고 계시는 것 같습니다.

몇 해 전 대구에 계시는 시인 S 선생님의 시를 해설하는 청탁을 받아 인사차 선생님께 연락을 드린 적이 있습니다. 까마득한 후배인 저는 최대한 공손하게 인사를 드리며 소개했지요. 해설 작업이 끝나고 선생님이 메일로 주신 그 문장을 떠올립니다. "낯선 시인의 편지라는 게 늘 뜻밖이라기보다 어디선가 한 번 만났거나 헤어졌던 사람의 소식 같지요." 선생님은 이미 오래전부터 알고 계셨던 걸까요. 시를 쓰는 우리는 오래전 헤어진 사람들일지도 모른다는 것을.

선생님들의 마음을 담뿍 받은 후배는 많은 생각을 해봅니다. 시를 쓰는 순간은 어쩌면 이렇게 생경한 사람의 소식을 받을 준비가 되어 있을 때 시작되는지도 모르겠습니다. 우리는 매일 낯선 이들과 살아갑니다. 시는 이 낯선 이의 낯설지 않은 이야기를 듣는 일이겠습니다.

눈에는 하얀 구름을 붙이자
서서히 모든 어둠이 낮이 될 수 있으니까
반짝이는 구름이 초승달을 만나는 정류장은
갓난아기와 노인이 사랑을 할 수 있는 곳이니까
구름을 손으로 꽉 쥐면 달이 된다는 믿음으로
너의 낭만이 되어줄게

29

어떤 날은 가장 큰 구름 하나가, 어떤 날은 수천 개 작은 구름이 하늘을 가득 메운다. 기억하려던 찰나 구름은 다른 모양이 되어 간다. 구름은 흐르다가 모이며 잊으라는 세상의 답장 같다. 시는 그때일 수 없는 지금을, 잘 잊기 위해 쓰는 이야기.

잊기 위한 기억으로

작은 세상에 둘이면 충분하다고 생각했던 적이 있습니다. 어린 나의 순수함이었는지 사랑한 우리의 미숙함이었는지 모르겠지만요. 어쨌거나 둘이면 된다고 믿었습니다. 나란히 앉아 프랑수아즈 사강을 이야기했고 아니 에르노를 읽었습니다. 둘이 되어본 순간이 누구에게나 있을 겁니다. 둘이면 어떤 이야기든지 할 수 있다는 건 우리의 작은 세상이 시작되는 일이지요.

우리의 주된 취미는 구름을 보는 일이었는데 가장 오래 보기 좋은 미세한 변화들이 좋았습니다. 어느 구름 하나 같은 것이 없었지요. 그렇게 구름이 천 개 정도 지난 후였을까요, 우리는 각자가 되었습니다.

지나고 보니 추억이 있는 별다른 장소가 없었습니다.

대신 생각나는 구름들이 많았는데, 그 뒤로 지인들에게 구름을 자주 이야기하기 시작했지요. 오늘 구름을 보았는지 묻고, 구름을 보기 좋은 곳은 어디인지 말해주면서요. 그것이 허전함을 달래는 방법이었던 것도 같지만 지금 생각해보니 그때부터 구름과 제대로 살아보기 시작한 것 같습니다. 어떤 습관은 혼자일 때 탄생하듯이.

몇 해가 지나도록 어떤 구름이 그리운 날에는 그 공원 정자를 찾아가 누워 하늘을 한참 보고 왔습니다. 가끔은 꼭 그 모양이어야만 하는 그리움이 있으니까요. 잊지 못한 모양을 찾아갈 때마다 구름은 늘 다른 모양이었습니다. 찾고 싶었던 것은 늘 그대로 있는 법이 없으니까요. 끝내 그리웠던 그 구름을 못 찾았지만 그 자리에서 한 구름을 발견했습니다. 지금까지 본 것 중 가장 큰 구름을 본 날이었는데요. 거대한 하늘에 몇백 개의 구름을 모아 하나로 뭉쳐놓은 것처럼 아주 큰 구름이 하나, 정말 하나만 있었습니다. 이후로도 그렇게 큰 구름은 본 적이 없습니다.

그날 정자에 누워 대왕 구름을 보고 있는데 예전 그때와 같은 구름일 리가 없지요. 여기저기 떠다니다가 밤을 만났다가 다시 햇빛을 만난 후니까요. 구름은 초마다 변합니다. 대왕 구름을 한참 보니 이제는 그만 잊으라는 답장을 받은 것 같았습니다. 지금은 그때일 수 없다고요. 이미 한 덩이가 되어버린 시간만 남았다면서. 그리운 것들은 모양을 잃기 쉬운 걸까요. 우리가 본 천 개의 구름이 뒤엉켜 한 덩이의 시간으로 남은 것처럼. 그때를 회상하는 사이, 몇 분 만에 대왕 구름은 노을에 물들더군요. 그사이 또 시간에 덮이고 흘러갔습니다. 그만 그때를 지우라는 듯이.

붙잡아두고 싶은 것들은 손가락 사이를 빠져나갑니다. 우리가 지나가는 것이 아니라 지켜줄 거라 믿었기에 그 빈 자리를 더 긴밀히 느끼는 것 아닐까요. 우리는 붙잡고 싶은 것들에게 의무를 쥐어 주며 스스로를 고통스럽게 합니다. 구름은 애초부터 우리를 지킨 적이 없고 그저 지나가는 역할을 묵묵이 해내고 있는데 말입니다.

구름은 흐르다가 모이며 잊으라는 세상의 답장 같습니다. 흘러가게 두다가 반가운 소식을 만나거나 그리운 안부를 만나면 다시 기억하라는 듯이. 그리하여 시를 쓰는 일은 흘러가는 것들을 잘 모아, 잘 잊기 위해 쓰는 이야기가 아닐까 합니다.

30

시를 쓰는 순간은 이해할 수 없다는 가정을 지워보는 것에서 시작

된다. 나의 이야기 혹은 우리의 이야기를 이해하지 않아도 된다는

것을 이해하는 것. 마치 앞뒤 장면이 필요 없는 사진 한 장을 오래

들여다보는 일처럼. 시를 쓰는 일은 무조건의 무게를 덜어내는 일.

이해하지 않아도 되는 마음

　　　　　　'무조건'이라는 단어는 너무 버겁다고 생
각했습니다. 의지보다는 의무가 필요한 일인 것 같지
요. 무조건이라는 조건만큼이나 완벽해야 할 조건이 있
을까 싶습니다. 그러나 우리는 아주 가끔, 무조건의 무
게를 생각할 필요 없이 그 덩굴 안에서 아늑하게 살아
가기도 합니다.

　부모님은 고등학교 문예반에서 시 쓰기를 좋아하
던 딸이 시인이 되고 싶어 한다는 걸 아주 늦게 아셨
습니다. 가족이 잠든 밤에 혼자 습작했고 부모님이 퇴
근하기 전까지 시를 낭독하고 녹음하며 킥킥댔으니, 시
를 그렇게도 좋아하는 딸의 모습을 보신 적이 없을 겁
니다. 시인이 되고 싶었지만 다른 직업을 가지면서 시
를 쓰고 싶었습니다. 원하던 전공을 택해 아주 만족하

며 대학교를 다녔습니다. 그랬으니 갑작스러운 신인상 응모는 부모님에게 놀라운 소식이었지요. 대학교 삼 학년 겨울 방학 때 두꺼운 서류봉투를 가슴에 안고 우체국으로 갔던 날이 아직도 생생합니다. 떨리고 부끄럽고 설레는 온갖 불투명한 감정은 다 느낀 날, 부모님께 그동안 써온 시를 응모했다고 말씀드렸지요. 부모님은 "참 멋진 일이네." 한마디로 낯선 소식에 답하셨습니다. 그 뒤 저는 시인이 되었습니다.

지금까지 십사 년이 넘도록 부모님은 딸이 쓴 시를 열심히 읽어내십니다. 대학교에서 몇십 년 경영학만 가르친 아빠는 문학을 알 리 없습니다. 어머니는 젊은 시절에 문학소녀였지만 현대시를 받아들이시기에는 또 쉽지 않고요. 그러나 두 분은 늘 '읽어내기' 위해 애씁니다. 어떤 뜻인지 이해하기는 어려워 미안하다고 말하면서 시집을 다 읽었다고 뿌듯해하는 문자메시지를 보내 옵니다. 두 분이 문학에 얼마나 관심이 있겠느냐마는 철부지 딸은 만날 때마다 시를 쓰며 사는 일에 대해 넋두리를 늘어놓습니다. 그럼 또 누구보다 열심히 들어줍니다. 문학 바깥에서, 삶의 이치로 문학을 이겨내는 방법을 알려주지요. 문학을 이야기하다가 늘 문학보다 귀한 것을 듣게 됩니다. 문학을 나눌 수 없는 그들에게서 어쩌면 문학에 가장 가까운 것을 얻습니다.

조금 더 어렸을 때는 누군가를 인정하려면 그를 이해해야 한다고 생각했습니다. 이해하지 않으면 사랑할 수 없다고 믿었고요. 그러나 사랑 앞에서 이해의 조건은 무조건인지도 모르겠습니다. 시를 이해하는 것이 아니라 시를 쓰는 마음을 이해하는 것, 시를 이해하지 못하지만 시를 읽는 이유를 이해하는 마음처럼. 어떤 애정은 사랑의 모양이 아주 깊은 속사정에 있는 것처럼 말입니다.

시를 쓰는 딸에게 무모한 애정을 쏟는 두 사람. 시의 길에서 잠시 헤맬 때 늘 두 사람을 찾는 딸은 두 사람에게서 언제나 시를 또 배웁니다. 이해하지 않아도 되는 무조건적인 이해를. 그들이 내게 주는 포근한 덩굴입니다. 사랑의 모양은 그들에게 배운 게 맞을 겁니다. 시인으로 살아가는 것이 조금 덜 부끄러울 수 있는 건,

이해해야 하는 모든 것을 '무조건 이해하지 않아도 되는' 그 마음 때문일 겁니다.

시를 쓰는 것은 이해하지 않아도 되는 것이 많다는 것을 알아가는 시간입니다. 이해하지 않기로 합니다. 무조건의 덩굴 안에 모든 오해를 담아 이해의 정형을 잊자고 다짐하면서요. 시를 쓰는 순간은 모든 것을 이해하지 않음으로써 대부분의 것이 이해된다는 것을 알면서 시작되는 듯합니다.

모든 시간으로 가려면 건너는 법을 알아야지
오지 않은 아침의 말들에게 물었다

놓아준 적 없는 햇빛에도 마음이 그을린다
위로되지 않는 여름날 우정처럼

시를 쓰는 순간은 사전 속 단어 하나를 꺼내는 일. 누구도 알 수 없는 단어로 누구에게나 기억될 이야기를 옮긴다. 아픔과 슬픔 모두 시어 뒤에 숨어 빛을 얻길 바라면서. 그리하여 시는 세상에 없는 우리만의 단어들을 빌려 쓰는 이야기.

비밀 사전을 쥐고

우리는 가까운 지인들을 애칭으로 부르기도 합니다. 친한 사람들을 떠올리면 저마다의 단어가 떠다니지요. 올리브, 오디오, 영화, 빵, 시계 등 그 사람의 특징이나 그가 좋아하는 것과 연관해 단어를 떠올립니다. 이런 애정이 담긴 상징으로 우리는 서로에게 특별해집니다. 서로에게 유일한 테마가 되는 거죠. 서로에게 유일해진다는 감정만으로도 각자에게 유일함이 되고요.

어렸을 때부터 모든 것을 나만의 애칭으로 부르길 좋아했습니다. 사람이든 물건이든 장소든 원래 명칭 대신 내 느낌을 담아 바꿔 불렀죠. 집 근처에 있던 공원들도 전부 긴 이름을 갖게 되고 그 특별한 이름 덕에 저마다 시의적절하게 내 삶에 배치되었습니다.

학창 시절 책이 좋아 문예반 활동을 했을 때도 애칭 사랑은 계속되었습니다. 어릴 때부터 애칭 좀 써봤다고 자부하는 저는 시를 쓰며 그 애칭들을 잘 활용했지요. 그때부터 그 애칭들이 제게 아주 귀한 사전이었단 걸 알았습니다. 나무를 나무라고 말하지 않는 나만의 사전. 나만의 사전은 비유에서 시작됩니다. 비유는 닮은 모습에 빗대기도 하지만 전혀 다른 모습에 빗대면 더 비밀스러운 사전이 만들어집니다. 본격적으로 문예반 활동을 하면서 이것이 시어임을 알게 되었습니다. 비유를 하고 사전에 채운 것들이 시가 될 준비를 하고 있었지요. 일생일대의 발견.

시를 쓰고 싶은 사람들을 위해 여러 강의를 합니다. 이십 대부터 사십 대까지 연령대가 다양하다 보니 수업의 난도를 맞추기 위해 오래 고민하는데요. 연령대 상관없이 비유와 시어에 대한 이야기는 꼭 합니다. 교과서에서 지겹도록 들었던 단어지만 그 둘은 시의 기본이자 출발이 되니까요. 비유와 시어를 설명하면서 첫 시집에서 많은 분에게 사랑받은 시를 이야기한 적이 있는데요. 몇 해 전 돌아가신 외할머니의 삶을 쓴 시였습니다.

외할머니의 죽음을 잊지 못해 한동안 힘들었습니다. 고통스럽게, 슬프게 기억하고 싶지 않아 할머니를 위한 시를 쓰고 싶었습니다. 시의 언어라면 할머니의 죽음을 쓸 단어를 빌릴 수 있을 거라 생각했으니까요. 할머니를 떠올리며 시간, 공간, 추억을 하나씩 되짚어갔습니다.

오래 되짚어보니 할머니의 방에는 작은 서랍이 하나 있었습니다. 할머니가 아끼는 사진, 손주들을 위한 간식 몇 개, 젊은 시절 아끼던 장신구 등이 오밀조밀 모여 있던 서랍. 할머니에게 그 서랍은 인생 전부 같았지요. 과거의 젊음, 현재의 사랑이 모두 모여 있는 그 서랍이 저에게는 할머니의 삶을 옮긴 비유였던 거지요. 수강생분들은 이 시가 그저 아름다운 장면인 줄 알았다면서, 할머니의 이야기를 듣고는 겨울밤 서점에서 모두가 함께 울먹였던 기억이 납니다. 슬프고 고통스럽게 기억되던 죽음이었지만 서랍이라는 시어 덕분에 슬픔이 아름답게 각색되었습니다. 이제 제게 할머니의 또 다른 애칭은 서랍입니다. 지금은 내 곁을 떠난 할머니의 그 시절이 서랍으로 다시 태어나 다행입니다.

시는 우리의 사전에서 시작됩니다. 시를 쓰는 순간은 사전 속 단어 하나를 꺼내 누구도 알 수 없는 이야기를 옮기는 일입니다. 슬픔, 아픔 모두 시어 뒤에 숨어 아름다운 척을 하면서요.

32

언어가 사랑을 채워주지 못한다면 우리는 어떻게 서로를 알아채야 할까. 어쩌면 최초의 신호들이 있지 않을까. 시를 쓰는 순간은 우리가 아닌 우리의 진심이 기댈 곳을 만들어주는 순간. 묵묵하고 조용하게 언어가 아닌 모든 것을 위해서.

언어의 안과 밖에서

　　　　　　진심의 신호에 대해 생각한 밤이 있습니다. 어떤 마음은 눈빛으로 짐작할 수 있을 거라 생각했지요. 서로를 바라보는 눈빛이 간절해 나부터 오래 바라본 적도 있었고, 눈빛을 오래 기억하고 싶지 않아 나부터 일찌감치 외면하기도 했습니다. 눈빛에 조심스러워지고 조금 더 진솔해진 것은 글을 더 오래 쓰고 싶다는 생각을 하면서부터 였죠. 언어가 채우지 못하는 간극에서 어쩌면 우리가 나눌 수 있는 최초의 신호가 있지 않을까 하는 생각이 들었거든요.

　얼마 전 겨울 후쿠오카로 여행을 갔을 때의 일입니다. 하카타역에서 전철을 기다리는데 계속 한 일본인 여성에게 눈길이 갔습니다. 얼굴의 반을 목도리로 감았지만 눈물이 터져 나올 것 같은 눈은 감춰지지가 않았지요. 고개를 푹 숙이고 눈물을 참아내는 모습을 보고 있다가 전철이 들어오기 전에 차라리 눈물이 터져버렸으면 좋겠다고 생각했습니다. 어떤 이유인지 눈물을 꾹 참아낸 그녀와 전철에 올랐습니다. 참아야 할 이유가, 아니면 참고 싶은 이유가 많았을까요.

전철이 한 정거장 이동했을 때쯤, 그녀가 전화를 받았습니다. 발신 번호가 뜨자마자 눈시울은 다시 붉어지고, 숨을 한 번 고르고 전화를 받은 그녀는 묵묵히 듣고만 있었습니다. 간혹 고개를 끄덕이면서. 전달되지 않는 말들 사이로 통화는 한참 이어졌습니다. 어떤 진심은 전달되는 동시에 답이 되기도 하는 것처럼. 그녀의 눈은 이미 눈물로 가득 찼다가 통화가 끝나갈 때쯤 막을 수 없이 흘러내리고 있었습니다. 더는 참지 않아도 된다는 진심이 다짐이 되었을까, 조심스럽게 짐작했지요. 눈물이 한참 흘러내릴 때에도 그녀가 계속 반복했던 말이 있습니다. 일본어에 익숙하지 않은 저이기에 대강의 뜻을 짐작만 했는데요. 그 단어를 잊고 싶지 않아 함께 입으로 중얼거리다가 전철에서 내려 검색해봤습니다. 흘러내리는 눈물을 계속 닦으며, 그녀가 나지막한 목소리로 서너 번 반복했던 그 말은 '안 울어'였습니다. 언어 뒤로 눈물을 숨기며.

언어는 진심을 숨기기에 좋을지도 모릅니다. 물론 상대가 그 진심을 눈치챌 수도 있으나 오래 지켜보지 않는 이상 쉽지 않고요. 눈물을 한가득 닦아내면서도 울지 않는다던 그녀의 진심은 언어가 되어 닿았을까요, 아니면 언어가 되지 못한 채 눈물이 되어 흘렀을까요. 반대로 언어가 아니기에 진심은 전해지기도 합니다. 일본어를 알아듣기 힘든 제가 하카타역에서 그녀를 오래 지켜볼 수 있었던 것처럼요. 붉어진 눈에 흘러내릴 것 같았던 눈물, 통화를 하며 참아내던 눈물, 울지 않는다는 말과 끝없이 닦아내던 눈물까지. 이 모든 눈물을 언어가 표현할 수 있을까요. 없을 겁니다. 이 모든 눈물은 해석이 필요 없는 언어가 되니까요. 어떤 눈빛은 언어를 대신해 진심을 가득 담습니다. 하카타역에서 만난 그녀의 눈물 속 진심처럼.

글을 매일 곁에 두는 직업이라면 진심을 전하는 데

언어를 가장 우선순위로 두어야 한다고 생각했는데요. 시를 쓰는 날들이 늘어날수록 언어만이 전부가 아니라는 생각이 듭니다. 언어의 무게가 줄어든다는 뜻이 아닙니다. 시를 쓸수록 언어의 힘을 놀랍도록 느끼니까요. 그러나 시의 시작은 언어가 아닐지도 모르겠습니다. 시를 쓰는 일이 진심의 안과 밖을 듣고 기록하는 일이라면 그 진심의 시작은 언어가 아닌 것들에서 시작될지도 모르니까요.

우리에게 언어의 간극을 채워주는 것이 있다면 마음을 나누는 일이 조금 덜 외로울까요. 들키고 싶지 않은 진심이지만 누군가는 알아차리고 있다면, 그리하여 진심이 기댈 곳이 있다는 것. 눈빛, 손짓, 발걸음 등 언어가 아닌 이 모든 것이 오늘도 우리의 진심을 드러낼 겁니다. 시를 쓰는 순간은 여기에서 탄생합니다. 묵묵하고 조용하게 언어가 아닌 모든 것을 위해, 우리가 아닌 우리의 진심이 기댈 곳을 만들어주는 순간에.

여름으로 가는 기차를 타는 사람에게
늦여름으로 가는 답장을 보냈다

우리는 이것을 미래에서 온 답장이라고

접어둔 날들이 빼곡히 옷장에 있다
초여름을 사는 잎에는 여름의 이름만 남듯이

우리는 미래의 장면에 대해 이야기했다. 가까워지지 않는 간절함에 대해, 그럼에도 가까워져가는 미래에 대해. 시가 되는 순간은 없을 것 같지만 가까워질 순간을 쓰는 일이다. 그리하여 시는 간절한 주소를 몇 개 쥐고 미래로 가는 일.

간절함을 잃지 않는 밤

점점 가까워진다는 것만으로도 약속이 되는 것이 있습니다. 멀리 떠난 이의 귀국일을 달력에서 하나씩 세어가는 일, 몇 달을 끌어안고 썼다 지운 시를 응모하는 일, 연인을 위한 뜨개질이 점점 목도리의 얼굴을 갖춰가는 일 등. 가까워진다는 것을 우리는 시간이나 공간의 차이로 느끼기도 하고 나만 아는 비밀스러운 목적지를 향하며 느끼기도 합니다. 가까움이 어떤 의미이든, 곧 무엇인가에 다다를 것이라는 약속 같습니다.

어릴 때부터 라디오 작가가 되고 싶었습니다. 신문방송학과로 진학한 이유도, 보도 프로그램 작가로 취직한 이유도 그 꿈 때문이었지요. 고등학교 때부터 문예반 활동을 하며 시를 읽고 쓰는 문학소녀이자, 잠들기 전까지 라디오를 귀에 대고 사는 덕후이기도 했습니다. 시를 쓰면서 라디오 작가를 할 수 있다면 얼마나 행복할까 상상하며 잠든 날이 수없이 많습니다. 대학교에서 전공 공부를 하면서 밤이나 방학에는 시를 쓰고, 라디오를 열심히 들으면서 작가교육원이라는 곳에 다녔습니다. 대학교 졸업 때쯤 방송 삼 사의 라디오 작가 채용 공고를 간절히 기다렸지만 몇 년에 한 명 나올까 말까라는 그 자리는 끝내 나오지 않았지요. 그래도 그 가까이라도 가서 있다 보면 기회가 오지 않을까 싶어 제가 택한 방법은 일단 방송국에 입성하는 것이었습니다. 사내 식당이나 회사 로비에서 누군가 라디오 작가가 필요하다고 말하는 비밀스러운 속삭임이라도 들을 수 있겠지, 라는 아주 야무지고 허무맹랑한 목표로요.

그렇게 평소 좋아하던 라디오 프로그램이 있는 MBC에서 방송작가를 시작했습니다. 대학교 방송국에서 잠시 기자 활동도 했던 저는 보도 프로그램에 관심이 많았고 사회 문제를 다루는 프로그램을 맡게 되었지요. PD, 기자로 일하는 졸업 선배들에게 방송사 일이 힘들다는 이야기를 너무 많이 들어와서 힘들 거란 예상은 했습니다. 그런데 힘든 수위를 예상했다는 것부터 오만했다는 걸 첫날 알았지요. 상상을 해서도 안 되는 수위였습니다. 그래도 시청자들의 제보와 PD, 작가들의 취재로 만들어가는 방송은 희열 그 자체였습니다. 방송을 통해 사회가 아주 조금씩 좋아지고 있음을 느낄 때는 이루 말할 수 없는 보람을 느꼈지요. 무엇보다 내가 일하는 사 층보다 위, 저기 구 층에 라디오국이 있다는 행복까지 더해서요.

물론 연차가 쌓일수록 보람, 희열은 점점 커졌습니다. 그렇지만 무엇도 채워주지 못하는 마음속 허기가 있었지요. 바로 라디오. 그 허기는 저만의 방식으로 채우기 시작했지요. 촬영 테이프가 사무실에 늦게 도착하여 밤을 새워 테이프를 돌려 봐야 하는 날이 많았습니다. 모두가 퇴근하고 저 혼자 남아 있는 날이 오면 테이프가 들어오기를 기다리며 어김없이 구 층으로 향했습니다. 하나둘 계단을 올라가는 그 떨림, 팔 층부터 이미 들려오는 한밤의 라디오 소리들, 구 층 계단 문을 열고 들어가면 부스마다 DJ들이 앉아 사연을 읽는 모습까지 아직도 생생합니다. 라디오 작가가 되지 못한 저는 그렇게 밤마다 몰래 제 꿈에 잠시 다녀오곤 했지요. 청취자의 사연을 읽고 우는 DJ의 모습, 사연 뒤에 흘러나오는 기막힌 맞춤 선곡까지, 라디오는 정말 외롭고 다정한 이들을 위해 존재하는 세상 같았습니다. 십년 넘게 라디오 부스에서 일하는 나를 꿈꿨는데 그곳에 있는 것만으로 얼마나 행복했겠어요. 비록 나는 부스 밖에서 서성이고 있고 곧 사 층으로 내려가 테이프를 밤새 돌려 봐야 하는 막내 작가일지라도.

　　그때는 아직 라디오 작가가 되지 못한 것을 원망하기보다 그 꿈에 가까이 있다는 것만으로 행복하고 벅찼던 것 같습니다. 언젠가는 라디오 작가가 될 거라는 확신이 있었던 것도 아닌데, 밤마다 구 층을 오가는 것만으로도 마치 내가 어떤 길로 잘 가고 있다는 생각이 들어서였는지 모르겠습니다. 라디오국에서 적당히 서성이다가 다시 사 층 책상으로 돌아와 마음이 뭉클해질 때는 시를 쓰곤 했습니다. 작은 순간에 대해, 잡을 수 있을 것 같은 행복에 대해, 아끼고 사랑하는 것에 대해. 그렇게 틈틈이 방송국 책상에서, 자취방에서 밤마다 쓴 시들을 추려 등단을 하게 되었고요.

어쩌면 꿈이라는 것을 가장 아꼈던 때가 그때인 것 같습니다. 삼십 대가 되고 치열한 사회생활을 하면서 느낀 것은 우리는 목표를 이루는지 이루지 못하는지에 대해, 누가 더 앞서 나가는지에 대해 이따금씩 너무 많이 저울질한다는 것입니다. 누군가의 꿈도 모르면서 무례하게 함부로.

구 층 라디오국으로 가는 그 시간은 어쩌면 시가 되는 순간이었는지도 모릅니다. 간절한 것을 잘 대하는 것, 미래의 장면을 미리 살아보는 것, 구 층을 오가던 밤들이 제게 가르쳐준 것들이니까요. 간절한 것은 우리가 잊고 싶지 않은 것이며, 미래의 장면은 현실에는 없는 나의 세계일지 모릅니다. 그것이 바로 시가 되는 순간이니까요. 우리가 각자의 밤에서 꿈을 잃지 않기를 소망합니다.

34

끝내 닿지 못할 것이라 믿으며 편지를 쓴다. 정확히 닿을 곳이 있다면 끝내 쓰지 못할 말들을. 우리는 휘발해버린다고 믿으면 더 솔직해진다. 시의 언어를 빌려 조금 더 멀리 보낼 수 있어서. 시를 쓰는 순간은 가장 멀리 보내고 싶은 혼잣말을 쓸 때 시작된다.

느린 우체국 앞에서

　　　　　어떤 날은 돌아오지 않아서 솔직해집니다. 이 무슨 황당한 이야기인가 싶을 겁니다. 그럼 이렇게 생각해볼까요. 답장이 절대 올 리 없는 곳으로 편지를 쓴다고. 돌아오지 않는 날이라고 생각하면 숨겨둔 말을 다 꺼내 말해볼 수 있을 것 같고, 영영 떠났으면 하는 말을 실어 보낼 수도 있을 것 같습니다. 끝이 없어서 내가 기억하고 싶은 만큼 끝을 두는 것처럼.

　몇 해 전, 보호자라는 역할이 두려움으로 다가왔던 때였습니다. 사랑만으로 되지 않는 일들이 많았습니다. 이 믿음부터 안일했을 수도 있겠습니다. 사랑의 밖에서 일어난 일들은 사랑의 테두리 안에서 속수무책이었으니까요. 말이 서툰 한 생명의 속내를 이해하고 그 속내를 최대한 이해할 수 있도록 애썼습니다. 노력할수록 이해는 깊어졌으나 시간이 지날수록 한 생명의 속내는 온전히 그 생명의 것임을 깨달았고 그때부터 나의 섣부른 이해가 오해가 될까 두려웠습니다. 내가 지켜내지 못하면 그 속내는 영원히 묻힐 거라는 공포감, 누군가를 대신해 그를 보호해야 한다는 책임감, 한 자라도 더 이해하지 못했을 때의 죄책감까지.

강해지자는 소망은 어떤 일이 우리의 의지대로 될 때 기대해볼 만한 거였습니다. 강해질 수 없었기에 넘어지지 않는 보호자가 되고 싶어 울산의 바다 앞에 섰습니다. 한참을 쏟아낸 후 한 우체통을 만났지요. 느린 우체통에 편지를 넣으면 일 년 뒤 도착한다더군요. 일 년 뒤쯤 나는 어떤 모습일까, 내가 바라는 일 년 뒤는 어떤 날일까 생각하다가 넘어져 있지 않기를 바란다고 썼습니다. 다른 말들은 생각나지 않는 걸 보니 엉엉 울면서 감정에 북받쳐 썼나 봅니다.

일 년이 조금 안 됐을 때 집에 편지가 도착했습니다. 내 필체의 편지를 내가 받는 기분이라니, 처음 느껴보는 묘한 감정이 들었지요. 끝내 편지를 열지 않았습니다. 빼곡히 적긴 했는데 의식의 흐름대로 썼다 보니 잘 기억나지 않아 차라리 다행이다, 생각하면서 편지를 서랍에 다시 넣었지요. 아마 내가 나에게 할 수 있는 가장 솔직한 말들을 적지 않았을까 짐작합니다. 편지가 정말 도착할 줄 몰랐거든요. 내가 바랐던 일 년 뒤의 내가 되어 있을지 확인하고 싶지 않았던 마음, 그냥 넘어지지 않았음으로 나를 칭찬해주고 싶은 마음이었습니다.

그 뒤 한 번 더 느린 우체통을 만났습니다. 한 번 써본 경험 덕인지 주저 없이 부모님께 엽서를 썼지요. 아직 내 서랍에는 열어보지 못한 일 년 전에 쓴 편지가 있지만 부모님께는 일 년 뒤에 꼭 닿길 바라는 마음으로. 이 많은 편지가 모두 도착하긴 할까, 몇 개는 분실되기도 하겠지, 생각하니 평소 쑥스러워 못 했던 말을 할 용기가 생기더군요.

얼마 전 엄마가 먹먹한 목소리로 전화를 걸어 왔습니다. "딸아, 편지 도착했어. 정말 일 년 전에 보낸 거네." 이 작은 편지가 뭐라고 엄마는 목소리를 떨며 뭉클하다고 했습니다. 엄마가 딸이 편지 쓴 일 년 전 그 날을 회상하는 동안 딸은 조금 쑥스러운 고백을 들켰 구나, 하는 생각을 했는데요. 엄마가 말을 이었습니다. "정말 도착할 줄은 몰랐네." 엄마는 그 몇 줄의 편지 가 도착할 줄 몰랐기에 더 반가웠을 겁니다. 연애편지 를 받듯 좋아하는 엄마를 보며 연세가 들어가는 부모 님께 일 년 뒤는 두려운 순간이겠다는 생각이 들었습 니다. 매해 아름답게 늙어가는 일과 세월대로 늙어가 는 일 사이에 있을 당신. 그럼에도 일 년 전 딸이 편지 에 쓴 바람 그대로 건강함에 안도했을 당신. 일 년 전 내가 나에게 쓴 편지를 아직 읽지 않은 딸은 당신들에 게서 세월의 용기를 배웁니다. 흐르는 대로 흐르는 용 기를. 도착하지 않으리라 생각하며 무모하게 쓴 편지가 닿아 제 역할을 해냈습니다. 어쩌면 이 용기는, 내가 나 에게 가장 보내고 싶었던 편지 제목이었을지도 모르겠 습니다.

시는 끝내 닿지 못할 것이라 믿고 쓴 편지 같습니다. 정확히 닿을 곳이 있다면 끝내 쓰지 못할 말들을 쓰니다. 돌아올 거라고 생각하면 머뭇거리게 되는 고백처럼. 휘발해버린다고 믿으면 더 솔직해지는 우리일지도 모릅니다. 시의 언어를 빌려 조금 더 멀리 보낼 수 있겠고요. 그리하여 시를 쓰는 순간은 가장 멀리 보내고 싶은 혼잣말을 쓸 때 시작됩니다.

아침에 뜬 달에는 어젯밤 흔적이 있다는데

기억보다는 새긴다는 마음이었다

35

우리는 감당할 수 있는 만큼만 무언가를 그리워하기로 한다. 피어

나지 않을 걸 알지만 말린 꽃을 물에 잘 띄워본 적이 있다. 누군가

에게는 잊을 결심이 누군가에게는 잊지 않을 결심이 되는 것처럼.

시를 쓰는 것은 한 번쯤 다시 일으켜보고 싶은 순간들의 기록. 피

어나지 않을 걸 알지만 피어나기 직전의 마음으로.

잊지 않을 결심으로

어릴 때의 취미 중 하나는 마른 꽃에 물을 주는 일이었습니다. 그 시작은 한밤중 꿈이었지요. 바싹 마른 꽃에 물을 주면 스르르, 꽃잎이 종이 소리를 내며 하나둘 피어나는 꿈을 꾼 적이 있었거든요. 잎의 시간을 빨리 돌리는 느낌에 잎이 살아 움직이는 것 같아서 꿈의 장면을 잊을 수가 없습니다. 한 살 한 살 나이를 먹어가면서 마른 꽃의 마법은 없다는 걸 잘 아는데도 가끔 마른 꽃에 물을 줘보기도 했습니다. 어쩌면 어떤 장면을 회복하고 싶었는지도 모르겠습니다.

단짝 친구가 몇 달 병원 생활을 했던 때입니다. 먹고 싶은 음식은 없는지, 사 갈 것이 없는지 물으면 늘 그녀의 대답은 '수국 한 다발'이었습니다. 퇴근 후 양재동 꽃 시장에 들러 수국을 사다 주면 그녀는 병실 작은 탁자에서 수국을 정성스럽게 키워냈습니다. 병원 생활이 길어지면서 수국을 사 가는 날도 잦아졌지요. 그녀는 시든 수국을 버리기가 싫다고 했습니다. 그 이유를 서로 설명할 수는 없지만 이해할 수 있었습니다. 친구를 위해 볕이 잘 드는 창가에 시든 수국을 하나둘 두었습니다. 어떤 마음이었는지 모르겠지만 그래야 할 것 같았습니다. 돌아오지 않을지도 모르는 어떤 다짐은 영원히 돌아갈 곳을 찾는 밤에 길이 될 테니.

수국 꽃잎이 말라갈 때쯤 친구는 퇴원했습니다. 그녀는 작은 수국 화분을 가슴 가득 끌어안고 말했습니다. 다시 사람들 속으로 들어가는 것이 두렵다고. 그 작은 병실에서 수국을 바라보는 일이 친구에게는 가장 넓은 숲이었을지도 모릅니다. 친구에게는 사람의 숲으로 다시 들어가는 일이 수국이 자랄 수 없는 한겨울의 밤과 비슷했을 테니까요.

친구 집 베란다로 옮겨 온 새 수국은 싱싱하게 자랐습니다. 친구는 가끔 제게 햇빛 샤워 중인 수국 사진을 보내주거나 비앙카 수국과 어울리는 애칭을 자랑했지요. 병실에서 지겹도록 본 수국인데 무엇을 더 기억하고 싶었을까요. 며칠 뒤 병실 창가에 잘 말려두었던 수국 꽃잎 수십 장을 상자에 담아 친구에게 주었습니다. 주어야 할 때가 된 소식인 것처럼요.

누군가에게는 잊을 결심이, 누군가에게는 잊지 않을 결심이 됩니다. 내 오랜 꿈 속의 장면은 마른 꽃잎에 물을 흠뻑 주어 꽃잎이 피어나는 것인데, 친구에게는 마른 꽃잎이 절대 물에 닿으면 안 된다고 당부했습니다. 꿈이 아닌 이곳에서는 다시 피어나지 않을 것을 알고 있으니까요. 그 뒤 친구는 마른 꽃잎을 책 속에 넣어 꽤 오래 보관했다고 했습니다. 한동안 바랜 빛을 유지하던 꽃잎도 언젠가는 빛을 잃어갔겠습니다. 우리는 서로 그 후를 묻지 않았습니다.

어느 밤 우리는 각자의 꽃을 꺼내 보겠지요. 우리는 감당할 수 있는 만큼만 무언가를 그리워할지도 모릅니다. 친구는 바짝 마른 꽃잎 몇 장을 서랍에 잘 넣어두었다가, 본인에게 가장 아늑했던 병실이 그리운 날 꺼내 보겠지요. 시를 쓰는 것은, 한 번쯤 다시 일으켜보고 싶은 순간들의 기록 같습니다. 시를 쓰는 순간은 피어나지 않을 걸 알지만 피어나기 직전의 마음에서 시작됩니다.

우리는 조금씩 알아갑니다. 삶에 온기는 늘 부족하며, 느낌조차 없는 날들이 더 많다는 것을요. 그러니 시를 쓰는 일이란 대개는 부정적인 느낌을 동반합니다. 신기하게도 이 부정적인 느낌은 시로 쓸 때 빛을 띠기 시작하는 것도 같고요.

시를 쓰게 하는 순간은 허기, 상실, 아픔 등 무채색의 시간들입니다. 외롭고 표정 없고 체온 없는 사람 몇과 지내는 느낌이랄까요. 그들이 시 속에서 일어나고 살아갈 때 무채색이 서서히 여러 색을 띠게 되는 것 같습니다. 참 신기하지요.

오래 고민합니다. 허기, 상실, 아픔을 쓰는 일에 내가 조금이나마 할 수 있는 일은 무엇일지. 어떤 시는 따뜻하고 포근하면서 다정합니다. 그런데 그 뒷면은 외롭고 쓸쓸하며 서글프고요. 이 양극을 모두 가질 수 있는 것이 시라서 우리는 시를 쓰는 게 아닐까 짐작해봅니다. 어떤 시가 시공간을 넘어 누군가에게 닿아 위로가 된다면, 그 안에서 우리는 시를 읽고 쓰는 영원한 친구가 될 겁니다.

생각만 해도 다정한, 곁에 두기만 해도 포근한, 손에 쥐면 따뜻할 것 같은 시 한 편이 우리 곁에 있기를 바랍니다. 어느 밤 그 시를 꺼내 읽는 순간이, 우리에게 시가 되기를.

쓰는 순간은 앞으로도 대부분 안온하거나 기쁠 수 없겠으나 여럿에게 빚을 지며, 색을 입혀 시를 쓰고, 그 시를 우리가 함께 나눈다면 외롭거나 쓸쓸해도 포근할 것임을 믿어봅니다.

이제야 그러모으는 구름들

- 이훤(시인, 사진가)

　　　　세계와 교신이 끊어져본 사람의 손짓을 본다. 작은 움직임만 봐도 왜인지 알아볼 수 있다. 끊어지는 경험은 연결만큼이나 안과 밖을 분명하게 한다. 동시에 안과 밖이라는 이름으로 다 설명되지 않는 한 사람의 중요한 성분들은 그런 순간 확인된다. 외로움을 기꺼이 택하는 자는 그 사람만 아는 바다를, 귀중한 인간들의 사전을, 기다리는 시간의 비밀을 건넨다.

이제야는 한편 누구보다 세계를 향해 손 뻗는 사람이기도 하다. 닿고 싶은 자들은 끊임없이 목소리를 찾아 나선다. 슬픔에 눈 밝아진다. 허구 속에서도 사랑을 발견해낸다. 반대편에서 그림자가 이동하는 걸 지켜본다. 그림자들을 지켜보다 자신에게 도달하고 만다. 끝내 닿지 못할 것이라 믿으며 편지를 쓴다. 쓰기로 하는 것이다. "정확히 닿을 곳이 있다면 끝내 쓰지 못할 말들"(208쪽)이다.

그 편지들은 부러지는 빛이기도 하다. 찍히는 대상 밑에 배치되는 인화지 자체를 사진 삼는 시아노타이프 작업처럼, 닿는 빛의 일부만 남는다. 부러진 풍경들조차 용화액을 바른 손길과 날씨마다 달라지므로 사실상 같은 편지지는 없다. 그럼에도 시를 향해, 시가 되지 못한 것을 향해, 꼭 시이기를 바랐던 것을 향해 쓰기로 하는 의지에서 시는 움튼다. 이제야는 무엇을 기다렸을까? 이제야 위로 부러진 빛들은 어떤 깃과 틈과 힘을 가지게 됐을까? 미완결의 눈빛으로 세계를 주시하는 사람은 작은 장면에도 반응한다. 그곳에 서식하는 노래들을 발견한다. 시인들의 산문집은 때로 그 노래들의 악보처럼 읽힌다. 그래서 계속 찾게 된다.

방송 작가로 일해온 이제야는 즉각적인 영상 매체의 짜릿함과 홀로 남아 촬영 테이프를 기다리며 라디오국을 서성이는 시차 사이에서 시를 꿈꾸었다. 아직 미래가 되지 않은 장면들 앞에서 미래를 향해 쓰고 싶다고 생각했다. "끝이 없어서 내가 기억하고 싶은 만큼 끝을 두는 것처럼"(209쪽).

내 언어를 갖고 싶은 자들은 그렇게 하나둘 자신이 통제하는 시공간을 바라게 된다. 나만 이해하는 시제를 발명하고 싶어진다. 통제와 이해가 선명해질수록 우린 우리가 무얼 가지지 못했는지 더욱 잘 보게 된다. 끝을 쥘수록 그 너머가 분명해진다. 세계는 그런 식으로 복잡해진다.

이제야가 발견한 작은 시간은 매우 취약했던 자신부

터 상담원과 어린 아이, 그리고 동경했던 시인까지 호출한다. 자신이 지나온 시간과 그것을 함께 통과한 이웃들을 그러모으려는 시도들이다. 제각각인 마음의 모양을 모색하는 눈빛이다. 아직 이해하지 못한 말과 문장에 역할을 수배하기 위해, 이제야가 오래 애써왔다는 걸 알 수 있다.

책에는 시인이 찍은 사진들도 수록돼 있다. 사진은 시와 닮은 데가 많다. 부연하지 않아도 된다. 독자가 점유할 수 있는 공간이다. 뛰어 들어가 무언가 쥐고 나올 수 있게 된다. 멈춘 이미지이기 때문에 발화의 가능성이 높아진다. 사진 속 피사체를 바라보는 화자도 읽는 사람이 상정할 수 있다. 찍힌 사진에는, 찍은 사람이 있었던 현장과 멀고 무관한 인간과 비인간이 무수하게 초대된다. 독자를 통과하면서 사진은 몸도 뼈대도 주인도 달라진다. 그리고 텍스트와 배치될 때 또 한 번 사진은 보다 넓어진다. 숲에서 멀어져가는 그림자를 "한쪽 소매만 낡아가는 옷"(105쪽)으로 바라보게 된다. 같은 사진을 본 천 명에게 그 이미지는 조금씩 다른 천 개의 장면으로 남는다. 이제야 시인이 사진이라는 언어에 끌린 것은 그러한 이유 때문일 거다.

시인은 익숙한 장면에서 할머니를 불러오고 폭설을 초대하며 서재에서 흘러나오던 구슬픈 빛을 떠올리길 염원하는 자들이니까. 이미지를 가공하는 걸 넘어 채집하고 싶어졌을 거다.

이제야는 구름을 지켜보며 목격하는 미세한 변화들에 주목하는 사람이기도 하다. 어느 구름 하나 같은 것이 없었다고. 그렇게 천 개 정도 구름이 지난 후에 우리는 각자가 되었다고. "가끔은 꼭 그 모양이어야만 하는 그리움"(180쪽)이 있다고. 도서관에 앉아 화분을 모으고 나무의 암호를 듣고 흰 눈을 잡아 왔다고. 그렇게 쌓인 속사정이 하나의 집으로 묶였다. 자신이 가장 잘 알아볼 목록을 만들고 싶은 이들은 책이라는 집을 짓는다. 거기 들어선 덕분에 그가 쓴 시들의 이전을 조금 더 잘 알게 되었다.

가끔 투박하고 서툰 발길들도 눈에 띈다. 시인은 있는 그대로 쓰는 일과 그대로를 말하지 않는 일 중 무엇이 저를 더 닮았는지 고민한다. 자신과 시 사이, 사람과 사람 사이, 글 쓰는 이제야와 개인 이제야 사이 존재하는 거리가 계속 달라진다. 어떤 장면에서는 무척 가깝고 어떤 장면에서는 꽤나 멀찌감치 떨어져서 본다고 느껴진다면, 작가 또한 두 개의 몸으로 적정한 거리를 찾는 과정에 있기 때문일 거다. 그가 깊어지기 위해 여러 정류장에 들르고 또 머물러 보고 있다는 단서이기도 하다. "어떤 편지는 도착했다는 느낌보다 긴 시간을 통과해 온 느낌"(172쪽)이니까. 갓난아기와 노인의 사랑을 포개다 보면 거기 접힌 무수한 장소들을 배우게 되니까.

　자신으로부터 끊어져본 사람은 알게 된다. 흐르게 두면, 우리의 그곳은 이제 그곳이 아니라는 것을. 그가 느린 우체국을 꿈꾸는 이유 또한 비슷한 시간에서 비롯될 거다. 십수 년 후에 도착할 기록을 집배하기로 하는 선택 또한 그럴 거다.

삶을 다시 쓰고 싶은 자들이 시인이 된다. 그러니까 이제야는 얼마쯤 자신이 지나온 시간들을 여러 차례 다시 겪고 싶었다. 겪지 않은 일 앞에 서기를 어쩌면 바랐다. 자신이 목격한 작은 파동들을 모아 강을 만들고, 강을 모아 바다로 향하기를, 거기서 세계로부터 교신이 끊어진 사람들이 그곳에 모이기를 바랐다.

화자들은 별안간 읽는 사람 쪽으로 스민다. 경험한 일은 시가 이끄는 쪽으로 흩어지며 여러 사람의 이야기가 된다. 그렇게 시인은 온갖 사건에 연루된다. 세계를 여러 번 다시 살게 된다. 여기, 이제야가 성실하게 여러 번 자신을 다시 사는 현장을 우리는 다녀간다.

시가 되는 순간들

1판 1쇄 인쇄 2025년 5월 14일
1판 1쇄 발행 2025년 5월 28일

지은이 이제야
펴낸이 김성구

콘텐츠본부 고혁 김초록 이은주 류다경 이영민
디자인 박경옥
마케팅부 송영우 김지희 강소희
제작 어찬
관리 안웅기 이종관 홍성준

펴낸곳 ㈜샘터사
등록 2001년 10월 15일 제1-2923호
주소 서울시 종로구 창경궁로35길 26 2층 (03076)
전화 1877-8941 팩스 02-3672-1873
이메일 book@isamtoh.com   홈페이지 www.isamtoh.com

ⓒ이제야, 2025, Printed in Korea.

이 책은 저작권법에 따라 보호를 받는 저작물이므로 무단전재와 복제를 금지하며, 이 책의 내용 전부 혹은 일부를 이용하려면 반드시 저작권자와 ㈜샘터사의 서면 동의를 받아야 합니다.

ISBN 978-89-464-2308-4 03810

·값은 뒤표지에 있습니다.
·잘못 만들어진 책은 구입처에서 교환해 드립니다.

샘터 1% 나눔실천
샘터는 모든 책 인세의 1%를 '샘물통장' 기금으로 조성하여 매년 소외된 이웃에게 기부하고 있습니다. 2024년까지 약 1억 1,650만 원을 기부하였으며, 앞으로도 샘터는 책을 통해 1% 나눔실천을 계속할 것입니다.